U0465730

吴城往事

王啸峰 著

中国书籍出版社
China Book Press

图书在版编目（CIP）数据

吴城往事 / 王啸峰著. — 北京：中国书籍出版社，2019.1
ISBN 978-7-5068-7091-7

Ⅰ.①吴… Ⅱ.①王… Ⅲ.①中篇小说—小说集—中国—当代②短篇小说—小说集—中国—当代 Ⅳ.① I247.7

中国版本图书馆 CIP 数据核字（2018）第 252333 号

吴城往事

王啸峰　著

图书策划	牛　超　崔付建
责任编辑	成晓春
责任印制	孙马飞　马　芝
出版发行	中国书籍出版社
地　　址	北京市丰台区三路居路 97 号（邮编：100073）
电　　话	（010）52257143（总编室）（010）52257140（发行部）
电子邮箱	eo@chinabp.com.cn
经　　销	全国新华书店
印　　刷	三河市华东印刷有限公司
开　　本	650 毫米 ×940 毫米　1/16
字　　数	164 千字
印　　张	13.5
版　　次	2019 年 1 月第 1 版　2019 年 1 月第 1 次印刷
书　　号	ISBN 978-7-5068-7091-7
定　　价	45.00 元

版权所有　翻印必究

目录

抄表记 / 001

吴城往事 / 071

萤火虫 / 117

甜酒酿 / 138

二　姐 / 156

形意拳 / 167

石　强 / 179

梅　雨 / 192

吴城往事

抄表记

天很冷，黑得又早，我进家门就打开空调。屋子还没热起来，突然，门铃响起来。

那是一个中年妇女，围着一个大红围巾，手里拿了一本大大的册子。她说："你总不在家，都一年不见表了，就一直等着你下班，看看真实读数。"我打开橱柜，她探下身，跪伏在地，围巾在地砖上扫来荡去。她打开手电射向表计。起身后，核对好数字，对我笑笑，麻烦你了。她跨出门去敲对家，还是没人。我问她要等的话可以进来坐等。她笑着说还有几家，完了再过来。

这是我二十多年前日常工作的翻版，从形式到内容，几乎没有什么改变。那天晚上，我做梦了。繁芜杂乱的梦，时而将我带回当初生活，时而又把我抛到现实。梦中故事情节虽然模糊荒诞，但我还是牢牢抓住了几桩亦真亦幻的小事，一口气将其记录下来，不仅纪念我早已逝去的青春，更着力发掘那些湮没在小街小弄里的传说和野话。

细细品味，那些远去的人和事，似乎直到现在仍散发着鲜活味道。

陈　胖

我的梦里，出现一扇扇门，推着推着，眼泪就下来了。不能迷失在街巷里，我还年轻，刚刚有一份工作，可以不依赖家庭，有能力独立生存。窄小弄堂弯成一条蛇，缠绕到我脚上、脖子上，我想摆脱，却又一次走入迷宫。

带我的师傅有好几个。他们都抽烟。比起前门、牡丹和红塔山来，他们更喜欢良友、希尔顿和万宝路。我被他们扔过来几次烟后，也去买了一包红双喜，这是我第一次买烟。那时，我刚满十八岁。渐渐地，我发现红双喜烟盒不大容易空。敲门进屋后，不时有人递过来一根烟，左耳右耳先夹着，去往下一家的间隙，把烟轻轻装进烟盒。

大办公室始终弥漫呛人烟味，十几个人轮流散发香烟。当我也开始发烟的时候，大家"哦"了一下，某个师傅笑眯眯地点上烟，轻轻拍拍我的肩，"满师了。"

这是一个月中唯一的一次抄表员聚会，这次请假，有些老师傅就要下月再见。刚开始，我不敢这样。

北窗外，是一个半封闭小院子。杂草爬上鹅卵石小径，不管什么季节都显得凄凉。午饭后，大家基本上都走了，办公室和小院子一样，散发着懒散颓废的气息。我趴在桌子上睡着了。电费核算室姑娘们的笑声惊醒我。我拿出书本看书，我不希望一辈子做这个职业。但是当前，于我而言有那么多时间支配，比什么都强。时间在日光移动中悄悄过去，很多时候，我什么都没做。我像院子里的杂草，无人关注，不知所措。

我对每个师傅都毕恭毕敬，不把他们互相攻讦的话放在心上。有师傅提醒我提防陈胖。除了口吃，我实在看不出他的不好。说的人越多，我越对他感兴趣。烟盒里挑一根万宝路，扔给西北墙角的他，他对我轻佻地敬个美军礼。

陈胖手里搭条毛巾，即便冬天，他头上也有一层油油的汗。我抄表的地段和他的有交叉。我把这条巷五号后门的表卡扔给他，他把街尾的表给我抄。我们不时在小巷深处相遇，在大街两侧挥手致意，甚至"哎、哎"地喊上几声。

街面上，他洪亮的嗓门带来喜剧效果："抄、抄啊、啊表。"

我们经常不经过班长同意，换着表抄。陈胖那个地段的居民感到意外，那个口吃的胖子到哪里去了呢？我随口说，"他去香港了。"回头再补充一句，"他妹妹在香港。"

"欧呦，那就像刘嘉玲了。"整个弄堂里充满了笑声，我也笑。

我把这个段子讲给他听，他一本正经地说，"我妹妹不、不在香港，在、在乡下。"

自行车是我们工作时的交通工具。配发给陈胖时，他提出要载重车，双前叉、双后叉、双横档、双撑脚。帆布三角工具包挂在横档上，他看上去像一个真正的电工。我在他后面，有点跟不上。但是我不怕他甩了我，他每次超过骑车的年轻女子，总要回头看，不是悄悄地斜睨，而是佝偻着腰回身，夸张地与她们照面。不管遇到什么样的，都要等我上去，大声点评一番。特别是遇上背后好看，当面一般的，陈胖呱啦呱啦满嘴怪话，搞得我面对周围骑车人鄙视的眼神低下了头。他却不在意，我冷不丁地问他，如果他妻子或者妹妹被人当街这样说，他会有什么想法。

陈胖在车上脱手点根烟，"你管那么多！"

陈胖足足比我大了十岁，看上去只不过大三四岁。胖子皮肤白皙水嫩。有一阵子，他迷上魂斗罗，但打不通关，再努力也会死在机械爪下。我教他秘籍，他请我吃馄饨。秘籍会了，他还是不行。我感觉在敌人面前，他把口吃阴影也带了进去，该前进的时候犹豫，该等待的时候冒进。

他家在市中心一座典型的旧式楼里。北面一条长长的走廊连接七八户人家，厕所公用，一个水龙头共用。他家就一间房，简单地南北一隔，里面做卧室，外面兼备睡觉之外所有功能。

我坐在小方凳上帮他设法调成三十条命的时候，他一个人在小方桌上和馅、调味、裹馅。不一会儿，馄饨像军队一样站到桌上。烧水、调醋、冲汤，荠菜馄饨散发清香。我们大声说荤笑话，搭配一个又一个馄饨。有一次，我们吃饱就开打魂斗罗，正在高低跳跃、猛烈发射的时候，一个女声从里屋飘出来，我吓了一大跳。原来他老婆一直在里面，想来前几次应该也是，我脊背暗暗发冷。陈胖的师父是我们工段长，师母给他介绍了同厂纺织姑娘。陈胖大声关照老婆也给我介绍女朋友，他老婆没有声音，没有出来。

那次之后，任凭陈胖邀请、引诱，我再不肯去他家。这成为我们关系的转折点。工段长嗓门粗中有细，身材比陈胖还大一圈。我们背后称他"公鸭嗓"。公鸭嗓喜欢评价女人，每个女人都会在他的"嘎嘎"声中露出破绽。唯独对陈胖老婆，公鸭发出的是"啧啧"声。那个里屋女人形象在我脑子里成型，我每天雕琢、涂改一点点，直到完美女人样子成熟。随后，慢慢发酵、膨胀，最终腐烂。我几乎看见紧盯陈胖不放的那双眼睛，敏锐、阴郁。

陈胖在走廊里"师父师父"叫个不停，公鸭嗓倒也乐得答应他。拆了包万宝路，小心地挑出一根烟，陈胖恭敬地递给师父，并点上火。自己再取出一根，就把烟装进衣袋。我们在边上有意无意地听着。窗外合欢树上响起乌鸦叫。

有人大声说："看呐，一对乌鸦。"

陈胖说自己抄的表都在古城区，进一个门只能抄到一只表，不像抄新村，进楼道一下子抄一排表。最近碰到新问题，街坊改造后新楼房多了起来，拆十家，新增十多倍的表。我们默默地做账，没人搭理陈胖。每个人都遇到这样的问题。陈胖最后提出要求，自己的表不能超过一百二十户一天，理由是身体不好，老婆上三班，家务事都靠他。

好几个师傅都把头抬起来，大笑起来："真是模范丈夫呢。"只是这样的玩笑只持续了一分钟。

公鸭嗓干笑两声走出门，陈胖就发作。"我是工段长徒弟，我也不会去争什么。但是，也不能因为是工段长徒弟就吃亏。"

谜底揭晓，他从抽屉里扔出三叠厚厚的新表卡。从去年新表装好到现在，他没有去过一次。没人睬他。过了几分钟，约搓麻将的，约斗地主的，约喝酒的，三三两两走出门，一个班几乎走空。

我眼前出现一根抛物线。有了工作后第一个把我带进自己家的人，现在我和他的关系正在下滑。像滑滑梯一般，越滑越快，似乎马上就会到谷底。我不希望这样。我站起来，把我的几本卡拆开来，把他扔在桌上的新卡插了进去。现在，柜子里我的表卡最厚，长长的，胖胖的。陈胖的表卡瘦瘦的，歪歪斜斜地作营养不良状倒在柜子里。

陈胖发我一根散装香烟,"其实这些表靠近你地段,应该你抄。"

我用手指指柜子,"我只帮你一次。"话说出口,就后悔。既然已经帮了,何必在乎说辞。

为了自学考试,我非常用功地准备了半年,似乎拿到文凭就可以马上跳出这个班组。可是,三天自学考试,全是抄表日。我把抄表卡交给班长时,他像捧了个石臼,腰都压弯下去了。"我到哪里找人啊?"

皱纹集中在他眉心,才四十出头,就像接近退休。我把三天的卡重新捧回,一来一去间,似乎分量的确重了起来。我抽出一本最薄的,递给陈胖。那天他抄的路段紧邻我抄的地方。他接过我递过去的散装烟,点着,一页一页地翻抄表卡,速度极慢,甚至每页还看看上期读数。

在漫长的等待中,我想起自己工作后的第一顿午餐。花花绿绿的塑料饭票,我没有当成是钱。这个好吃,那个尝尝,一拿就多了。一个父亲带着小女孩坐在我对面吃饭,一荤一素,汤都没有。女孩干干地啃饭,眼巴巴看着我面前的冬瓜排骨汤。我把汤递到他们面前,解释自己没有吃过。

男人一手把汤挡开,怀疑的眼神带出坚定的语句:"我们不要。不要。"

直到他们吃完离开,我还是满脑子"不要"。我站起身,把所有饭菜和汤狠狠倒进泔水池,心里才舒缓些。

陈胖说出"不"字,我不惊讶。距离排骨汤事件,已有大半年时间,几乎每天都有被"上课"的机会。总有一天,我也会给其他人"上课"。想到这里,我竟然笑了起来。倒是陈胖不自然起来,疙疙瘩瘩、语焉不详地说了一大堆话。我拍拍他，说没有关系。班长走过来，默默重新接过三本抄表卡。我和陈胖都没有说话。

第三天上午我就考完自选科目。午饭后我赶回单位，阴暗走廊两侧都是关闭的门，唯独我们班屋子门开着，光影倒映在走廊水磨石面上，似乎全工段的人都聚集在那里。

一个声音洪亮而坚定："如果，如果每个人都、都去读什么、书，是不是都你去代？"

"怎么可能，这也是难得的。"

"你要代、代的话，我们每、每个人，你都、都得代一次。"

一时间，好多熟悉的声音在附和。那些微笑着抽我散装香烟的师傅、傍晚时分一起打牌的师兄弟，现在都在起哄。

我默默走进办公室，见桌子上坐着一位师傅。他还没来得及跳下来，我就把抄表卡重重砸在玻璃台板上。屋子只是静了一下。陈胖再次起哄，"干、干活啊"，拿起车钥匙大摇大摆走出屋。其他人若无其事吹牛、打情骂俏。

我拿出散装香烟，发给没走的。自己挑了根最凶的希尔顿点上，脑子里一热，身体轻飘飘起来。似乎有几个人过来对我说了些什么，我散给他们香烟。对他们讲的，我只是点点头，并不留存印迹。这个时刻，我不能受他们的影响，要保持自己的判断。

我没有找公鸭嗓或者班长，没有像其他人想象的那样，把新的卡拆下来，扔到陈胖面前。我很平静，工作正常做，玩笑照常开。只是，眼里没有了陈胖，他对于我来说就是空气。刚开始的几天，一周，两周，大家觉得我在气头上，时间久了就好了。后来，一个月，两个月，一季度，陈胖几次试着搭讪，我都把他当作不存在。春节前聚餐，他们安排我俩坐在同一桌上，似乎认为一碰杯就能和好如初。可是，我错过陈胖伸过来的酒杯。公鸭嗓找我谈最后一次话，他马上要换岗。

"你这样不好。"

他拆了一包万宝路，递给我一根。我以不抽外烟为由推掉，自己拿出一根散装香烟，不说一句话。

他摇摇晃晃走出光影斑驳走廊，黑色大公文包不时碰到墙面。"公鸭嗓时代"结束了，与陈胖说话的人突然少了。陈胖一个人来，一个人走，独自嘟嘟囔囔。

只有两三个老师傅还在用算盘。我们飞快按着计算器，小鸡啄米，也挺快。发给我的计算器是新款三洋的，又大功能又多。突然一天找不到了。所有我能想起地方，都去找过，几天下来神经兮兮了。老是恍然大悟奔出去，又垂头丧气走回来。大家知道物品贵重，两周下来，我在公告黑板上的寻物启事还没有被擦掉。每天我只能等别人算完，借用计算器。

陈胖走进来的时候，只有我一个人对着账本发呆。他磨磨蹭蹭地走近我，又看看四周。

"你的、的计、计算器，是袁大、大偷的！"

我没有睬他，准备收拾东西离开，眼光却瞄到他的动作。

他从包里拿出一个小型计算器，"这是师、师父留、留给我的，你、你先拿去、去用吧。"

我抬起头，他的脸涨得通红。"对不、不起！"

我知道这三个字从他嘴里说出来，有多么不容易。他的词典里，这三个字没有过，或者从来没用过。我接过他的计算器，从抽屉里拿出一盘游戏卡，"魂斗罗第二代，什么时候我们一起打？"

他笑笑，"我、我不打了。"

一切就像没有发生过。我跟陈胖说话、开玩笑。大家知道，内心里，什么都不会忘记。我们还是并肩骑车回家，他却不再当着我的面调侃女性。有些话点到为止，不敢再往深处说。

过不久，旧式楼拆迁，陈胖搬到市西一条小弄里。大家帮忙搬家，我没去。据那天去的同事说，陈胖老婆的确相当漂亮。但是，他们话头一转："唉！怎么就嫁了个陈胖呢？"

大家笑了起来，我走出房门。当时我想，可能我不会再去陈胖城西的家了吧。

可是我错了，任何事情都不是看上去那么简单。

文　学

新村主干道是两条水泥路，路当中是一排绿化带，路边立着一爿店面房。银行在这里有个储蓄所，文学在里面的柜台上。我一去，他就给我开门。我在花花绿绿的纸币堆里坐着，突然笑起来，想着抢银行其实很简单嘛。文学问我笑个啥，我马上掩饰过去。我在储蓄所里有时顺手把刚抄好的账做一遍，更多的时候跟他们吹牛。

这个银行刚与我们单位谈好代收电费，我们所有收费点都撤了。储蓄所增加了不少零碎活。

文学面对老头老太、零钱零款，一直叹气："为了那点破手续费，差点把我手指都点断。"

我注意到他的手指，又细又长倒是其次，关键是当中三根手指几乎一般长短。他刚刚在技能竞赛中获得全行点钞第三名，储蓄所所长让他充分发挥特长，一直在现金柜台。其他人吃午饭，他面前还有一排老人。我陪着他，他就说银行的人都势利。我心里一惊，与我一同上夜校的同桌姑娘小霞，好像也在这个银行。我有一句没一句跟他闲聊，话头渐渐往那个姑娘身上引。

文学抽烟样子好，细长手指一夹，烟雾从口鼻里缓缓同时喷出，看上去像在思考人生。其实他在想晚上的麻将。城里靠旅游发财的人多了起来，他们喜欢搓麻将，一夜输赢不小。文学从不一个人去，他要等读财经中专的同学阿明。

那天傍晚，我见到了阿明，戴一副金丝边眼镜，文弱谨慎。夜场从子夜开始。我们三个在藏书羊肉店喝羊汤，汤添了一碗又一碗，他俩说的话一半我听不懂。他们还在等一个人。羊汤店快要关门时，走进来一个"麻秆"，他警惕地盯着我。文学说这是弟兄，没事。麻秆没说什么，看了下汉显BP机，做了个手势，让阿明跟他先走。走出门后，他又回头关照文学，还是老时间。

店老板过来上门板，我们把烟头扔在羊汤里。湿漉漉的街道上，偶尔有车驶过，打破深夜的宁静。我们裹紧外套，靠在门板门上聊天。小霞果然跟文学认识，比文学大一届。她在分行柜台，听起来好听，工作量却比文学大多了。

文学静静地抽烟，冷不丁问我："你是不是看上她了？"

我竭力否认。

"算了吧，你没看上她，会这么晚还在跟我瞎聊？"

我原想说那是我们的友情，又觉得很矫情，就干脆沉默。谁知道他反过来泼我一头冷水："她学校里就谈朋友了，现在男朋友也在我们行，他俩要好着呢。"

尽管这么说，我还不死心，正要进一步深入打探，文学的BP机响了。"我要过去了，改天再说吧。"

他拐进小弄堂，消失在初冬的雾气中，像一个地下党去执行秘密任务。

即使不抄到那个新村,我也会特意去储蓄所看看,如果文学不在,我只跟所长隔窗打个招呼就走。文学在,他就开门让我进去。有一次我坐的时间长了,所长就借个话题,让我知道储蓄所最新规定,外人不能进入之类。文学回头说我不是外人,也是工作人员,所长就把话题岔开了。一个小小储蓄员,有这么大的口气。后来,我发现了个中奥秘。

冬天抄表,最痛苦的是不能戴手套,至少一只手不能戴。我跑进储蓄所第一件事情就把手贴到取暖器上,手指一伸一缩,仿佛能听见骨头舒展开来的"咔咔"声。文学在发钱。我起初以为他拿了单位的奖金分给大家,还调侃他们几句。看到他们都不回应,我也没多想。

所长既不满又隐晦地朝文学拍拍手里钞票:"不是说好6的啊?"这个动作引起我注意。

我请文学出去吃过桥米线,米线馆里挤满人。排队的时候,文学问我晚上要不要去阿明家玩,见我犹豫,他若无其事地说小霞和男朋友也会去。

大海碗里蒸腾起的热气,都挂在文学脸上,他突出的唇部湿漉漉,配合呼啦呼啦吃的声音,分不出是汗还是水。我问他奖金的事情。

他擦了一下嘴,"我发的。"

他扔给我一支"三五",诡秘地笑着:"给你也发点?"我有点摸不着头脑。

回单位路上,我缩脖骑车,想着我的一千元。其实我身边只有七十几块钱。文学说凑满一百给他,如果不像所长那样每个月盯着他取利息的话，基本上两年就可以拿到一千了。如果我把那一千元再投进去，过不多久，我岂不就是万元户了？渐渐地，我伸长了头颈，寒冷已无所谓了。我只牺牲一百元，得到的却是连绵的黄金美梦。

我突然发现，自己越骑越慢了。文学说做生意集资，但是利息要达到高利贷程度，他的生意是哪个门子？虽然表面热络，但实际我还是不了解他。晚上阿明家是个机会。

我把冰冷的硬币投进电话机里，小霞就站在我边上，我把她拉进电话亭，顺手将门带上。拨号前，我闻得到她头发里茉莉花香味，听得见她略显急促的呼吸声。

我开始拨长途电话接线号码，接线员首先询问我要打什么地方。

"北京！"

报出这个地方时，我胸腔里似乎充满正气。小霞露出一丝惊讶。接线员让我报户名与账号，上周文学才给我账号的那个厂要倒霉。很快，接线员接通了北京号码。那个慵懒又卷舌的声音传来时，我又回到了初中。他那时在北京闯了祸，到这里避难式地读了大半年书。我们大声在电话里说着无关紧要的闲话，他深切流露出对我命运不济的关心和对中国经济社会发展的忧虑，宝贵的时间和昂贵的长途话费就这样悄悄溜走。新鲜劲过了，小霞站在寒冷铁皮盒子里局促不安。我无法控制一千公里之外的真知灼见，几次想打断，却又不忍心。直到小霞轻轻说一句你们聊吧，我先回去。我才猛地挂断电话，连招呼都没打。

小霞坐在男朋友边上看他打牌，这种姿势是电影里的标准配置，我们好多动作和习惯都来自电影。我例行公事般站到文学后面看他的牌，文学把牌打得别人根本看不懂。我的目光越过麻将台，那对男女的映像渐渐在我眼角模糊，最终融为一块褐色斑点。我的一段感情结束了，多少有点悲哀。

不过，我的注意力很快被文学的牌吸引。其实不是牌，而是堆在他右手边的钞票。也没看他和几把，票子就这么多了起来。阿明坐在他对家，不动声色。小霞男朋友开始骂骂咧咧，我心里痛快起来。阿明家在弄堂里，进门两棵银杏树，叶子全部掉落，树下的茶花却开出红色花朵来。我进去的时候他们就在打牌了，小霞见到我只是笑笑。当时我俩倒是坐在一起聊天，说着说着突然我说到打长途电话只需市话费这一桩。她根本不相信，临出去抓了桌子上的一大把硬币。我说用不了的，她不信。

我突然有了幸灾乐祸的冲动，挖出零散的大约十块钱的零票，摆到小霞男朋友面前，"这是刚才借你的钱。"他已被清空。十块钱也是钱，但是又一把下来，这些零钱也游到文学这边来了。

小桥边的小吃摊滚动着热气，我和文学停车，点了馄饨和炒面。早已过了零点，街沿的水结成薄冰。文学付钱的同时，抓出一把票子塞给我。我推搡。

他说："你是搭档，这是应得的。"

他把钞票卷起来，用皮筋扎好。一卷卷的票子仿佛一颗颗子弹。

"你收了大家的钱，靠什么还利息和本金？"

"当然是做生意啊。"

"你这个也能叫生意吗？"

夜里的炒面很油，馄饨汤太咸，但是热乎乎下肚，友情就涌上心头。"你这种生意是有风险的。"

文学摇摇头："我从不一个人去，阿明和我联手，还没有失手过。"我没再作声，心里疑惑越来越重。不是我不想发财，也不是觉得文学不靠谱,而是我不赞同以这样的方式挣钱。我悄悄收起已经准备齐的一百元。

之后的一段时间,我在城南抄表。路远加上一些微妙心理变化,就没有联系过文学。月底催缴电费时,我才走进储蓄所。文学戴了个绒线帽低头在柜台前算账,我大声跟所长和其他人打招呼,他们表情僵硬,态度也冷淡,没有开门让我进来的意思。文学还在算账,我走上前,趴在柜台上"喂喂喂"地叫了他几声。他才缓缓抬头。

"啊!"我惊诧地叫出声。

文学整个头部都红肿着,右眼和右额鼓起一个大包,眼睛连缝都没有一条,本来就凸出的唇部,现在更像狼嘴。我几乎肯定文学在麻将上出了事,但没人说实话,淡淡地说问他自己。

文学的左眼仍然闪着机敏的光,吐出来的话,痛苦中带着幽默:"我骑车看美女,撞到人行道摔的。"

我也顺势说:"真是太不巧了。如果你碰到女明星,估计要搞成残疾了。"没人笑,没人再搭腔。我借口忙收款,匆匆离开储蓄所。跨出大门的一瞬间,我感觉自己不会再进这个地方了。于是,回了一下头。文学面朝大门方向,注视着我的离去。

月初,我在市中心抄表。刚从一个石库门出来,劈面碰到阿明。他脸色苍白,头发蓬乱,走路急促慌乱。我伸手拦下他,他一惊,随后松弛下来。

公园里,法国梧桐、银杏树等落尽树叶,枝杈刺向冰冷天空,只剩下香樟树仍然绿得深沉。我们在池塘边坐下来。"文学辞职了。"我对这个消息并不惊讶。

"麻将也不打了。"

"你们的'局'是不是被人识破了？"

"也不能这么说。麻秆做的才是'局'，大家装作不认识，两个人或者三个人暗地联手骗其他人钱。其实我们跟他出去的次数并不多。我们打牌说好对家是一家，也就是两对两地打，所以不能算'局'。"

阿明抽出皱巴巴的"画苑"点上一根。"怪就怪文学太自负。我说混点零用钱可以了，毕竟是消磨时间和娱乐呗，但是他却一直约老板打牌。有些老板技术不怎么样，却看不起我们这种没钱的。他们定尺寸：一个花一两百。文学到处筹资，哪怕借给他几百块，利息付得人家很高。他也愿意。"

"他头上的伤怎么搞的？"

"那天晚上碰到两个浙江老板，说好两对两打，约定一个比较合理的尺寸。上来东风、南风圈，他们基本上都在输。第三圈时，他们提出加大筹码。文学看了我一眼，爽快答应他们。然后我们就开始输，整夜都在输。真是见了鬼，从来没有打过这样的牌。我想撤退，文学不服气，写了借据再打。到最后，没有东西可以押、可以抵了。文学把我推开，伸出头让他们打。惨呐。"

阿明站起身，"我们准备这几天就去深圳。昨天托了本地社会上的朋友跟浙江佬打了招呼，当夜的账就算清了，不再烦我们。唉！我们混不下去了。不辞职，迟早也要被开除。"

时间就是那么快。文学肿胀的眼睛、阿明瘦弱的背影还不时在我脑子里晃，两年已经过去了。我还在抄表，甚至连地段都没有怎么调整。市中心开始新一轮拆迁整治，满街都是"一折、二折"，大家都不大注意折字旁边还有一个小小的"起"。在满是"大出血""最后一天""跳楼价"红字里，文学突然跳到我面前，吓我一跳。

那是一家服装店，弄堂般格局。两边墙上钉了铁丝方格网，左侧是男装，右侧是女装。我站在一色职业装底下，悄悄地将抄表本、电筒塞进挎包，整整衣袖。

文学穿的玫红色西服，与门口模特身上一样。来来往往的人，不时朝他和模特身上看。不少人盯住他看半天，才拐进店里看衣服。文学给我使个眼色："这就是活人广告效应。"

若不是为了钱，我觉得至少现在还是经常往来的朋友。但是，他开了口，并且就在重逢的第一天。

他绕了个大圈子，说这两年在南方混得如何的好。刻意压低的声音："知道这些正装哪里来的？日本啊！都是二手货，有的还是病人或者死人身上的呢。"

我手一抽搐，下意识插进裤子口袋。文学开始吹他的那个大大的球。他指着那些衣服，很不屑地说要完全清理掉，口中全是"统统、彻底"这些表示决心的字眼。新行当将是电子游戏厅。

他对一家挤满学生的游戏店歪歪嘴，"这不是做大事的格局，在南方……"他下颔微微前倾，眼光越过屋顶，回想着南方的景象。"游戏厅属于成人！"说得兴奋，他拉我进旁边刚刚开张的肯德基，点了两份家乡鸡套餐。

他把可乐喝完，挖出两三块碎冰，往贴塑面台板上一撒，"成人就喜欢掷骰子。我从南方搞了几台跑马机，现在流行这个。这里全市居然一台都没有，正好挑我发财。"

"赌博机要被'冲'掉的。"

"不就是要摆摆平吗？"

"你摆得平还出去混了两年多。"

文学哈哈大笑。"出去为了开眼界，没有比'骰子'活络更重要的了。"

恰好谈到搞社会关系，他自然说到了钱。什么一笔款子还没有从深圳汇过来，阿明碰巧去了香港，他最近要请人吃饭、送礼，问我借点零用钱。他借的的确也不多，看我这身工作服，估计临出口把数字又减了一半：一千块。这个数字拿捏得正好。多了，我当场就可能回绝；少了，好不容易我派上一次用场，总得多搞点。我几乎没有思考，就答应了。

但是，就是这一千块，害得我这个小小抄表员发烧躺在床上睡了一星期。

发烧前，我好不容易见了文学一面。他总是不在服装店，呼叫他 BP 机，除了过来取钱那次，从没有回的。看店的胖女人一问三不知。我只能每天抄完表，拐过他的店，目睹血红的字换成绿色的"新款 arrived"。文学终被我撞到，第一句话就说要还钱。他大声问胖女人今天的营业额，那边懒洋洋的声音传过来一个"零"字。他又在柜台里翻找，再从自己身上下手。最后，皱巴巴地凑给我两百多点。这次绝口不提游戏厅的事，只说下周全部归还余款。临了貌似无意拖一句："钱都被阿明借去买一批空调了。"

我问了很多朋友，才找到阿明的电话。电话里传来阿明声音，仍旧轻声单调。客套闲聊后，我问他空调生意的事情，他语气明显出现停顿。我挑明是文学说他在做空调生意。阿明"哦"了一声，"其实我和他早不在一起做生意了。"

他掉转枪口："他是不是问你借钱了？"

我沉默。

"唉，他还在打牌啊。"

挂掉电话，我头"轰"地大了，身上开始发冷。整整一周，我躺倒床上。文学、电子游戏、阿明、麻将、钞票、男装、女装等像模特儿一样,交替在我脑子里登场。

身体好了之后,我不再去文学店里,而是打听到他家地址,在门口"伏击"。这是一座四进大宅院,被七十二家房客瓜分。我在第一进漆黑备弄里来回走动,每个进门的人都被我吓得一跳一跳的。我打开手电仔细辨认,生怕错过文学。

连续三个晚上,都不见他的影子。正当我发脾气要找给我消息的弟兄算账时,一高一矮两条黑影进了备弄,很快缠绕在一起,开始亲热。很晚了,我准备撤退。与他们擦身而过时,我突然想到男的会不会是文学。长时间在黑暗里,练就一双黑夜眼睛,我悄悄进前,轻轻拍了他一下。两人一前一后触电般惊叫起来,疾步窜到大门外。

昏黄路灯下,文学看到我浑浊的眼,什么话也没说,伸手往裤兜里抓钱。他点都没点,把钱全部交到我手上,"还有点,我明天给你,一定一定!今天你就放过我吧。"

悲哀从我头脑一直贯到脚趾。我本是受害者,今晚却弄得像个抢劫犯。不远处文学的女朋友满眼鄙视和仇恨。

我一边咳嗽,一边慢慢地收起那些明显不够数的钱。"算了,我不会再来了。"再想说几句告诫的话,又是一阵咳嗽打断了思路。于是,慢慢骑上自行车,穿过湿漉漉的弄堂,回家。

好多年之后的一个夜晚,我正在餐桌上大声说笑,一个电话进来。我看是本地号码,并且数字工整,就接了起来。

"你猜我是谁?"

我猜你是谁?文学呗。突出的唇部、贪婪吸烟、快速点钞的样子,在我脑子里盘旋。最后,定格在一千元上,实际是不足一千元。感冒、咳嗽、发烧、深夜、备弄、寒冷,又突袭过来。

我把电话从耳边移开,声音还热情不断。

默默地,我挂了电话。

老 周

一个泛黄的镜头:我端着饭碗,通过狭窄东厢房过道,仰视那个高大瘦削的背影,他一双手背在身后,一只手电筒从左手换到右手,再夹到腋下。外公书房尽头有一个电表,两边挂满书画。他每次抄完表都要站好长时间才走,每张字、每张画都看得仔细。我看不到他眼神,是赞许,是批判,还是审读。我告诉外公这个谜。外公点点头,并没有说什么,踱进书房,换下几张,别上几张新作,退后几步,几乎与那个抄表员站到同一位置,牵动右肩,带动右胳膊不停前后运动。他们同样入迷,却有不同的肢体动作,我七八岁就知道。

我到达凤凰街和十梓街路口的时候,老周正坐在"永久"牌自行车后座上抽烟。浓浓的烟雾围绕在他身边,他皱着眉。永久比凤凰来得结实,单位给我们配这种车。我还没有领到,老周那辆车已经掉漆,三脚架上的帆布工具包边都毛了。他见我架好车,便从工具包里拿出一本绿色硬壳账本,扔给我一个手电筒,吐掉烟屁股,头一歪:"走吧。"

一场秋雨一场凉,十月了。踩着片片法国梧桐落叶,我心里阵阵悲凉。花白头发以及佝偻身影的老周,极有可能是三十年后的我。《毕业生》主题曲《寂静之声》,一下子融入我的每一个动作。脑子里还有一个影子——面无表情的达斯汀·霍夫曼。年轻的毕业生明知前途充满泥淖、陷阱，也要往前走。爱情、理想、富足安逸的生活等等，此刻一切冰凉。一直这样，穿行在湿漉漉的街巷，习以为常的一切，会不会歪曲变形？老周挨家挨户敲门，里面各色声音传出来，谁啊？哪一个？"抄表的。"老周总放长每一个字的音长。里面再听不清，他就突然拔高音量，于是，拔门闩、拧门锁的声音四起。我先走进去，用聚光电筒照见电表数字，读给老周听。他把抄表卡端近门口些，拿得离眼睛再远些，一笔一画地记下数字。"带徒弟啦？"他还人家带问号的笑。有的人笑起来阳光灿烂，有人的笑总带有尴尬表情，我更习惯后者，那是性格里羞涩基因起的作用。老周的笑却令人难以琢磨。似笑非笑，又有点莫名的无奈。

半天要把大半条街跑完，包括枝枝杈杈的横巷、弄堂等。走过了三四十户样子，老周就把卡交到我手上。这是我人生第一个饭碗，捧着它，要端得有模有样。姿势是这样的，左手托住抄表卡，右手拿手电筒和圆珠笔。敲开一家人，把右手高举过头顶，在手电筒光里照见电表数字，然后左手拿手电筒，记录下数据。逢到人问多少字啊？马上要把刚读到的数字减去底数，我认真做减法的时候，老周在旁边一瞄，就对人家报出实用字数。他念"十"带特殊卷舌，偏偏整数的几率比较高，我就在边上候着，等着那个特殊声音蹦出来。客气的人家接到我开出的缴费通知单，会扔支烟给我们。老周一般接过就抽，来不及就夹在耳朵上。其实那时我也偶尔吸几支，只是不好意思当着师父面抽。别人发来的烟，我夹在硬硬卡纸中，烟只是稍微压得扁一点，却不会断。老周烟一"断档"，我就递给他一支，他接过就抽。

下午，我把早上一百多只表的数字，填写到发票上。自己先把度数总加，再把金额总加。那时每度电两角两分，单价乘以度数，如果与金额相等，账就轧平了。别人可以直接把发票送到收费员手上，我却不能。老周还要核对一遍。我用计算器，他用算盘。"咔咔"两下，上下分珠。烟叼在嘴唇上，眼睛眯着，藏青手套戴起来。左手蘸水翻发票，右手加金额；换手，右手翻发票，左手噼里啪啦加减读数。"啪"地一下，把发票扔在我面前，"错了。"他掐灭烟屁股，清理唇边的烟丝，从紫砂小壶里吸了一口浓茶。"可是总度数乘单价与总金额相符的啊。"我不解地看着他。他站起身来，给小壶续了点水，托壶踱到隔壁办公室。我回到桌前，一张张翻看，果然这里少算两角，而那里多算两角，总数却碰巧对了。

我接老周的活，称为三段，段就是片区的意思。早上跟他出去，下午在单位做做账，准备第二天的行程，日子过得很快。按规矩师父要带我们一轮。电费隔月交，因此一轮就是两个月。就抄表员来讲，三段不是个好地段，都是古城街巷，每抄一个表就要走一段很长的路。换作是新楼房，钻进一个单元，至少每层可以抄到一个表，一天抄的总户数基本在一百出头，最多不超过一百五。那时每户一表刚刚兴起，大家争那些新楼房的段。以六层楼房算，每层两户，一个单元十二个表，一幢楼房至少两个单元，一个上午只要在新村里走七八幢楼房，工作就结束了。门槛精的师傅，一天可以把三天的活一起干掉，悠闲地休息两天。大家都避开古城里的段，老周却主动捡过来。走出观前街，他指着北面不远处的悬桥巷说："本来是陈胖抄的，我开始只抄菉葭巷，这两条巷都是苏州大户人家集中地，通常前后门串起两条巷。我把那一片问他要过来，重新设计路线，走成口字型。"抄表路线最佳就是永久车子停放地，既是第一只表的开始，又是最后一只表的结束。虽然有点讲究，但这毕竟是简单重复劳动，一轮下来，我摸了个八九不离十。我们走在湿滑的弄堂里，脚步回声打在灰白墙上，工作似乎有了点味道。老周跟着我，心思不在电表，遇到深宅大院就去找砖雕门楼，"聿修厥德"之类的他最喜欢。还有挂在客厅的中堂，如果有书画，他就更"钉"在那里不动了。弄堂里飘过一阵菜饭香，我心里一动，闪过那个泛黄画面。

那天为他点了一支"短牡丹"后，聊起了我童年眼里的那个抄表员。他瞪大眼睛，挺直腰板："那就是我呀！"。我提出童年之谜。他长长吸入一口烟，默默摇头。烟从他口鼻里缓缓喷出，他似乎已经解答了我的疑惑。我没有追问，只是告诉他外公退休后又到外地教书画。他自言自语："能做自己喜欢的事情，就像临名人帖，一切都上轨道，并且不逾矩。"

独立工作后，虽然每次在外时间都要比别人长，但是我感到老周的选择配我胃口。拓宽干将路，把周边小弄堂一扫而光，有些著名街巷、私家园林从此消失，我是最后踏进这片区域的工作人员之一，历史变迁就在瞬间。观前街改造，一些百年老店被迫迁出，从此一蹶不振，甚至关门大吉。替换给我的是齐门外大街这片"领地"，是以水泥厂、化工厂等为主体兴起的城乡接合部。我走遍了那里的角角落落，人们说着各种方言，有着各种习俗。一阵风扬起，我会短暂地迷失，常常不知身在何处。后来，我接触到苏童的作品，香椿树大街的原型，被我每天踏在脚下。"人的一生充满巧合。"我跟老周说那些街巷，"即便同一个城市里的人，一辈子也不会走到。"他咂口浓茶，斜睐着眼对我说了这句话。

三段是属于老周的日常话题。随着喷出的一股股烟雾，九如巷张家、俞曲园、礼耕堂潘宅、中和堂汪宅等豪门里发生的故事，越发扑朔迷离。他咬着短杆烟嘴，似乎要将这些大户人家、书香门第咬碎、吞咽。我喜欢这样的生活：刺探未知领域和陌生生活。当每天百把次推开不同的门，碰到不同的人，我总在琢磨他们的过去和未来，并揣度现时现刻他们的想法。这么多年，老周"弄堂朋友"交了不少，我跟他们打招呼：周师傅年纪大上去就不做外勤了，我接着干。老周回到单位里话就变少。休息时，也不像其他师傅聚拢在一起打牌、聊天，而是默默缩到房间一角，手里捏弄几块印章石。有时我会坐到他身边，基本上也没什么话。

那个事情发生时，我已在凤凰街抄了好几轮表。熟练以后，这个工作就容易出差错。又到春节，我开始有点心不在焉。敲开那些大门，过节的味道冲击我的感官，一不小心头就会撞到油氽肉皮、开膛青鱼、新腌腿肉等。大家很客气，时常有烟递过来。我把夹在抄表本里的烟抖出来，装进塑料烟壳，给老周送去。大家都在对我使眼色，我却一点不知情。我走近他，一股浓烈的酒味直冲我鼻子，工段长悄悄起身离开。香烟里希尔顿多，他一根接一根地抽，一口口吞食浓烈烟雾，我仿佛听见他的气管、肺撕裂的声音，一把把刀子在割。酒精也随着烟雾扩散，终于熏得小办公室再踏不进一只脚。

高跟鞋"橐橐橐"的声音止住了"叽叽喳喳"的议论声。她没有走进小办公室，也不发一言，就静静地站在门口等。大家涌到走廊里，我才知道气质是比出来的。她五十多岁却一点看不出来，身材中等，短发略有波浪，一身深灰色套装，配淡紫短丝巾，双手叠扣胸前，右手挽一只咖啡色包。没人靠近，强大气场充满那个空白地带。时间在老周与周师母对峙间流逝。一批人看得无趣，走了，又来一批人。热闹场面引来书记，众人像野蜂乱舞。书记苦口婆心低声劝解，两人似乎不买领导面子，谈话内容无法得知。小办公室仍有烟雾飘出,周师母仍然仪态万方。不知不觉间,天居然昏暗起来。书记跺脚了,大声说了一串话,里面似乎有出事、危险、死等敏感字词。屋里终于传出惊雷般声音:"你们总是逼我,现在逼我不算,还逼我女儿。逼死我们算了!"老周破门而出,屁股后挂一串烟雾。一眨眼,人就冲出了单位大门。我们再回头,书记已陪着周师母往楼上办公室去。一个背影弓着,另一个直挺挺。我进到小办公室帮老周倒烟灰缸,把酒瓶扶正、摆整齐。关上门的时候,突然发现,一年多下来,自己手掌和手指都长出了老茧。

老周报警,女儿失踪。他的一位"弄堂朋友"与派出所所长相熟。深夜,弄堂偶尔被几个小鞭炮震醒,蜡梅的寒香让我想起孤独的出走女孩。所长安慰老周的时候,不时问他女儿的情况。我发现虽然他女儿跟我们在一个单位,但是老周几乎不了解她的生活。"有没有男朋友?""没有。""最近与哪些人交往?""不清楚。""业余爱好有哪些?""除了跟她妈妈学学字画,没什么特别喜好吧。"朋友陪着我们去了好几次。后来,我看出来所长掌握了一些线索,他也不跟老周明说,只是讲:"年轻人压力大,想出去放松放松,或许过几天就回来了。"老周碍于朋友面子没有发作,但是仍一个劲地对所长说一句话:"人出走,你们要负责找回来。"

单位里早就演绎了多个版本,经过无数次修改与编辑之后,呈现在我面前一段曲折的社会故事。老周几代都是工人阶级,曾经有段时间,他家很吃香。而艺术家在那年代正好不受待见。老周父亲领导并帮助着几位著名艺术家,直到他没有办法继续保护。有人却还记得老周父亲和老周,一位老艺术家临终前关照家人把女儿嫁给老周。这是传言当中最厉害的一着:没有感情基础。虽然老周有些书画天赋,但在行家来看,只是小儿科。就像业余作者一直要想上这个杂志、那个报纸一样，与名作家相差不是一点距离。按理说，女儿书画才能应当从小培养，但是女儿却怎么也看不出天赋，更对书画没有兴趣。继承世家衣钵渐成泡影，周师母对这对父女从失落跌入失望，甚至绝望。周师母望望周围"艺二代"，个个出类拔萃，混迹于那个圈子，她不屑于提及老周，一个有点业余爱好的抄表工。她为自己增加速度，越来越接近脱离地球的边界值。有不少当代艺术家与她青梅竹马，渐渐地，她成为那个圈子里的明星。她把赌注压在艺术社交圈，多一些交际，女儿或许能摆脱普通人的生活。没有想到，女儿从单纯的车间劳作，进入缤纷世界，脑子一下子就乱了。

大家都说，老周女儿的出走，与她妈妈关系很大。老周心里清楚，却打掉牙齿往肚里咽。除了每天跑两次派出所（后来，只他一个人去），他就是盯着墙上的全国地图看，东西南北他都看看，但是落脚点却在一个地方。那是遥远的新疆。他把我们的省比画一下，放进新疆，真的不如一个县。我们仿佛站在极高远处，望那些山河湖海，还有沙漠，心里再大的事情也变小了。但是，老周却要崩溃了，白头发一撮一撮滋出来，颧骨凸出，眼睛无光，眼窝凹陷。报案后，他一直没回家，似乎认定女儿一定回单位而不是家。小办公室里布满复杂难闻气味，书记、工段长几次上门，都捂着鼻子逃出来。

派出所所长的话应验了。几乎在老周将要神志不清的当口，女儿回来了。第十二天早上，她挎了个包提前半小时走进我们对面办公楼上班。平静地擦桌椅、泡水，然后穿上白色长褂，打开操作室门，准备好工器具，开始新的一天工作。一切如春风拂面般清新自然，仿佛捡起的工作就是昨天留下的尾巴。不少人围在窗口看着、议论着。她像极了母亲，专心做自己的事情，只把庸俗的东西当作生活里的调味料。书记也来了，把她叫到自己办公室，询问秘密进行，后续没有人说出具体内容。隐约知道她坚持说自己隐私不便汇报。

没人给老周通风报信。那天早晨，我在观前街上催缴欠费，是我搞错了底数，多算一百度，相当于小半个月工资，人家自然不肯出。我只好开红票退抄错金额，再开一张正确发票，上门更正。我的BP机响了起来。借电话打回单位，他们告诉我，老周的女儿回来。我连忙赶回去，过年的气氛很浓了，性急的大门上大红春联已经贴上去。自行车在湿漉漉的街巷穿行，眼前闪过青灰墙面和红男绿女，时节提醒大家，能够按部就班就已经是幸福。

书记把女儿带到老周面前时，我已经混在人堆里。老周看见女儿的一刹那，嘴唇上叼的烟像脱水般迅速枯萎，烟灰不停地掉落在他的蓝色工装裤上。女儿走上前，为他掸去烟灰，他垂着的手指一直在抖，似乎在写一幅狂草，既战战兢兢又努力攀上巅峰。她把父亲的手焐在双手里，老周的抖动越发轻微，到最后只有离他很近的我，才能看到他竖起的白发梢有节奏地颤动。四周静默，冬雨细细绵绵地飘了起来，空中飘荡着年味。他们没有说一句话，静静地站了几分钟。最后，老周拍拍女儿的肩膀，转身走进他的小办公室。

人散尽。老周桌上电话铃声响个不停，他都没接。越是不接，铃声越是显得急促、恐慌，每一次都像要穿透人的灵魂。女儿这样的回归是一个极其好的结果，好得超出老周的承受力。他不敢相信好事来得这么迅速这么突然，怀疑里面暗藏了什么不好的东西。他让我把地图拿下，慢慢地一条一条撕碎，扔进垃圾桶。

我不知道他们那天团圆饭是怎么吃的，那应该是比年夜饭更充满温情，至少表面会是这样的。实际上我想老周还是心神不宁，女儿房间熄灯后他应该站在外面很久。我更自信地认为周师母已经熟睡，一切都遵循自然，她认为平静生活又重新开始。在老周来回踱步的时候，她已发出轻微鼾声。夜很深了，老周一根烟也没抽，倒在沙发上沉沉睡去。那个夜晚很静，像下着大雪的北方的夜，都藏起来了，一切动静都盖在雪下面。老周太累了，梦都没有一个，晨光通过窗帘刺痛他左眼，他跳了起来，直扑女儿房门。没有声息，大力的拍门声惊起周师母，她倒在门上，喊着女儿小名，眼泪流出来。门被撞开，老周冲进去，又抱着女儿冲出来。周师母跟在孩子软软垂下的手臂后面，不停哭泣。

我推开他女儿病房门，老周不停地走来走去，他看不见我，只知道围着女儿的病床绕U形圈。三十多小时还没有苏醒，老周眼睛每一秒都不离开女儿苍白得像白纸一样的脸。我坐在方凳上，进进出出的人没有一个理睬我。病房的窗不知什么时候被人开了一条缝隙，春节里柔和的风若有若无，我的呼吸也缓慢了。急救车声、爆竹声、喊号声、喇叭声，终于，我坐着打起了瞌睡。老周似乎也停下了脚步，一堵墙似的挡在我前面，我还以为暗夜来临。黑暗的降临总是无声无息。我的梦里没有欢笑，黑暗压得我只想寻找一个温暖的地方。老周挡着我的影子渐渐扩大，橘黄灯光落在塑胶地板上，温暖得让我想到家里还有团圆饭等着。一朵礼花绽放后的黑暗里，我站起身悄悄离开病房，没有跟老周打招呼。

穿过我们熟悉的弄堂，永久自行车的飞轮清脆的响声盖过碾碎落叶声。我推着自行车，老周扶着女儿坐定书报架。我总是早早抄好表，把车停在他家门口。一路上，老周重复的就是今天多长时间，明天什么项目。他在女儿面前不抽烟，堵他嘴的东西没了，话就不停往外涌。我用心推车，不大搭理他。他就跟女儿说话，她一直保持微笑，在病房苏醒过来就这样，天真得让人心碎。苏醒过来对老周是一喜，严重后遗症对他又是一悲。人生总是悲喜交集。在我们这个不大不小的单位里，老周父女已成笑柄。他搀着女儿从车上下来，告诉女儿今天主治的是哪个医生，哪几项可能会痛，女儿木木地笑。长长甬道渐渐吞没父女俩身影。女儿失踪日子里发生的事情，恐怕永远是谜了。这样也好，深究又有什么意义呢？周师母仍然出没于艺术沙龙，她告诉老周最现实的一个问题：超长治疗需要超额费用。这个书画世家的继承者继续保持高雅做派，她的世界里艺术至上。兴奋起来，女儿也可以暂时放一旁。

　　老周从黑暗里走出，一屁股坐在花坛边。黄梅天就要来了，花香到了尽头，老周低头诅咒。我开始没有听清。直到他声音渐渐放大，双手不停互相摩擦发红，我才知道他在责骂自己。如果不是在金石篆刻方面有点小才情，他就踏不进那个家族。那一点点的才能，在抑郁心境逼迫下，像寒风中的烛光，挣扎几下就熄灭。普通工人老周沉湎烟酒，在越来越"不成器"的路上进一步下滑。刚开始的时候，我总是进入到他的心境，帮着长吁短叹几下，心里的确不大好受。老周话有点多了，开始我并没有觉得。等我意识到恐怕又一个"祥林嫂"要出现的时候，他女儿做完了所有的治疗，在家待着。

　　二十出头的姑娘，文静温柔，就是不能开口讲话。哪怕只说一两句话，大家都会看出她的病情。班里、工段里，老周家事变成共同话题，而话题的主角却越来越孤单。一瓶黄酒下肚，他就抓住人讲话，大家跟我差不多，开头总安慰他几句，后来见到他人影，就远远地躲起来。我其实一直没有跑，等到大家都远离那个小办公室后，只有我踏进去陪他。他讲的话，慢慢地起了变化。一股酒气带着烟臭扑向我鼻子，"她彻底好了，可以来上班了。找谁？工段长还是书记？""她现在讲话、做事都正常，昨晚自己钉了一颗纽扣""她在牵记同事了，问我小韩有没有生宝宝啦""我替她报了一个专升本补习班，她可以考高分呢""我要找书记评评理，为什么不让她上班"。他一激动，手就张牙舞爪，衬衣一角掀起来，皮带断了，用一根鞋带穿牢两个眼。我顺着他手指的方向，宽大的法国梧桐叶正铺天盖地生长起来，遮蔽夏日阳光。我们就这样奇特，在不知不觉中，改变着自己。眼前的老周不再是在凤凰街、十梓街口等我的老周，不再是我童年眼里的书画爱好者。从他越来越多的自言自语里，我感觉到不祥阴影笼罩过来。

书记喊我上去的时候，老周刚被保安拉走。书记房间弥漫着一股我熟悉的气味。书记很紧张，圆圆的光脑袋上几根飘忽长发牵拉着，他需要贴着脑门才能把金贵的头发捋顺。"要是老周夫人在，就不一样的情形了。"书记也是个文化人，"他分明在胡闹，女儿旷工这么多天，我们还没有进行处理，现在倒好，得了病反而有理了。"我们都知道，老周女儿带不出来，但是为什么不好好休息，而吵着要上班？这是我的疑问，也是书记交给我的任务。把原因找出来，书记厚厚的肉掌轻轻拍打在我肩上，显得任务有多沉重、多重要。他没有料到，这仅是开始。

堆积如山的电表卡册和发票核校单，都被工段长悄悄分配给其他人，大家一边叹气一边加班，帮老周处理欠账。我也在加班行列。走廊里橘黄色顶灯坏了几个，厕所执拗地吐出自己都承受不了的腐臭。我悄悄地塞给楼层清洁工几块钱，她在清晨进到老周办公室收酒瓶、倒烟灰缸。黑色皮沙发表面已经起皱，露出一道道白色痕迹。老周蜷缩在沙发里，藏青色夹克、黑青裤子污迹斑斑。我站在他身边，喊他周师傅，他只是机械地把手伸进口袋，抓出一把零钱，递给我。我摇摇头，不是为了烟酒钱。他却继续摊开手，纸币、硬币滑落地面。"她真是狠心，把女儿送进去！那是什么地方？进去后就出不来了。"胡茬几乎布满老周整个脸，他一激动，血脉贲张，像一头暴怒的狮子。周师母冷静地将女儿再次送进医院，只是这次是精神病医院。

大家的口风在转。一个人被贴上标签容易，要撕下来却难了。精神病医院通常以所在地名称代替，叫"四摆渡"。难兄难弟的还有火葬场，我们称为"杨家桥"。女儿进"四摆渡"，妻子与他离婚，加上他失魂落魄的样子，有人跳出来说一开始就是老周自己的问题了，这样一传，大家都觉得真像这么回事。曾经，周师母走过众人眼前，一股淡淡幽香拂过，有一股力量吸引大家的眼光。看到这样的女人，再说她有问题，那就变成说话人自己有问题。

女儿还在"四摆渡"治疗时，老周就告诉我们，女儿马上去读补习班了。我们没人说他反话，只是一个劲地说好啊好啊，能早点来上班最好了。书记可不这么说，他严肃地告诉老周，小姑娘不要说还没有出院，就算出了医院也要通过单位鉴定才能复职。老周堵在门口，拉住书记袖管，"现在我什么都完了，只有女儿了，而且她现在比任何时候都要好，都正常。你说她以前正常吗？很不正常！一跑出去就是几个月，现在好了，她不跑了，文文静静的，你安排任何事情她都会办得服服帖帖。我跪下求你了。"我们在边上拖拉着把老周抬回小房间。艰难的信访开始了，那个沉稳得像姜太公一样的人物，现在把女儿当作他生命的唯一希望，最后一根稻草。他捞啊捞，性命都扑了上去。

吴城往事

  我不会忘记那个秋雨的清晨，满院的桂花香通过太湖的水汽散发开来，人的头发里、衣服上，甚至肌肤深处都郁结了浓浓的香味。那些美好的事情，一吞一吐之间，昔日重现。而现实总是这样残忍，时时刻刻割伤我们的遐想。书记办公室前挤满了人，老周嘶哑的声音传出来，他又在进行无用的上访。"你们这是迫害……求求您了啊，我只有这么一个女儿，她才二十一岁啊……她乖巧又聪明，马上读本科了，她聪明的……"我拨开人群，贴近老周，在他耳边轻轻地说，"走吧，等妹妹康复再说吧。"我这句话像在他脑子里炸响一个惊雷。他迅速转头，双眼狠狠瞪出，唾沫星子直喷我脸上。"你这个小赤佬，哪有你说话的份，我好歹也算你入门师父，你就这样吃里扒外？以后你不要叫我师父。"那些围着看戏的人大声起哄。这两年，他带着我，我跟着他，除了睡觉，几乎都在一起。我害怕他被羞辱，想赶紧把他劝走，不料反被骂了一通。血往头上一冲，我顾不得什么了，双手拦腰抱住他，想把他拽离三楼。突然，我的右手被狠狠咬了一口，老周对我下了口，鲜血顿时滴了下来。大家都在一瞬间呆住了，还是书记反应快，让人赶紧送我去医院。老周转过身去，低了一下头，等他回过身，右手也鲜血淋淋，他又咬了自己的手。"大家看看，他先咬我，我是自卫！"我看着鲜红的往外翻的肉，脑子里只有两个字：疯了。这并不是我一个人的想法，陪我去防疫站打破伤风的医务室医生说，单位里几乎每个人都在说老周精神不正常。我与老周过往的一切感情，似乎因为一个月之内连续打狂犬疫苗而扫除干净了。

  很长一段时间，我没有遇见老周。突然有一天，我在办公楼东侧自行车库停车，一辆永久"老坦克"喀拉喀拉地进来。我与老周又相对不到一米距离，没有其他人，四目相视，我们都尴尬无比。

我低头锁车，回头就走，走出十米左右，听见后面先咳嗽了一声，接着，那个熟悉的声音说："你没事了吧……"我头也不回，快步往前走，一下子就拐弯进了大楼门。冷风吹在我身上，我清醒了许多，把一腔怨气倾泻到老周身上似乎有点不对劲。转眼，我却又恨自己的懦弱。

又过了些时日，我被调离这个部门，从事与抄表完全不搭界的工作。老周不断找领导的同时，不停地去医院闹。女儿出院了，据说不光开口不行，走路都有问题了。那套老单元房里，住着一老一少。夜晚来临的时候，老周是不是还会先在女儿房门口听一听，再决定是否去睡觉？或者索性移个沙发在女儿房门口睡？无人知道。有时，在夜深的时候，我会想起老周，怨恨在黑暗中一丝一丝被抽取干净，剩下的是担忧和怜悯。到这个境地，我已无法再与他聊天沟通，就像他高高大大站在童年的我的前面，我根本说不上一句话。我更没有办法帮他解决问题。时常惦记一个人或者一件事，有时不见得是件好事。

又一个春天来到，大楼四周的樱花盛开。大家都在赞美花的纯洁美丽，而我却认为白得太过，"不吉利"的感觉透过枝叶映射到我内心。我坐在宽敞宁静的科室里，写着一篇歌颂企业的稿子，偶尔抬一下头，看看窗外风景，红色低矮楼房正是我以前工作的地方，旁边平房是老周女儿所在部门。现在，几乎没有人提起老周的故事了，老周似乎失踪好久了。

越是平和的日子，越是危机四伏。大悲大喜从来不会打招呼，喜从天降、悲从中来，虽然都是各种要素长期积淀的结果，但是，爆发前，却都是安稳静谧。也有大喜过后是大悲，大悲之后是大喜，喜中有悲，悲中带喜，前后对比越强烈，越增强喜与悲的效果，特别是大悲。

大胖子警察坐在我们科室开始讲述他的亲身经历时，油光光的脸上老是有汗渗出来。他吐出的词句，经过喉咙时，似乎总被一口痰挡一挡，声音时而尖锐、时而沙哑。我忍不住干咳几声，想引导他把痰咳出，但是他沉浸在自己营造的氛围里不能自拔。后来，我已经无法再注意胖警察的声音了，悲伤将我彻底笼盖。

"那天我值班，清晨太阳就很好，蓝天白云，温度一下子上来了。"胖警察猛地一收缩声音，喉咙口又发出"嘘"的一声："一个阿姨拎着菜篮子闯了进来，说自己忍了很久，还是过来了。她的邻居，就是你们的老周。那套单元房就住父女俩，进进出出很神秘，碰面机会少，从不跟邻居打招呼。最近一个阶段，即使像她那样住在他们隔壁的，也很长时间没有见着他们俩。"

胖警察点上别人递给他的一根烟，吸进去几乎没有吐出来的。"我刚开始以为又是鸡毛蒜皮的事情，听着听着，就不对了。她说前天开始，老周家就飘出一股恶臭，到昨天，味道很浓了，上下两层都闻得到，大家去敲老周家的门，没有人答应。站在门口仔细听，似乎里面有动静。但是再敲门，里面又没了声音。她一夜睡不踏实，买菜的路上想想还是来报案。"

胖警察说到关键的时候，就盯着我看，搞得我像罪犯似的。"我带了两个同事，走进单元楼道，一股恶臭呛得我打恶心。这个我有经验，应该就是尸臭。敲门时我们亮明身份，里面的确发出一些细微的声音，但是没有回答，没有开门。僵持半小时，里面没了一丝动静。我就大声喊话，有人报案怀疑屋内有问题，警方将强行打开大门。"

"嘭"，胖警察蹦出这个字的时候，我的心也随着吊到喉咙口。

眼前莫名其妙地出现十梓街、凤凰街口，老周坐在永久自行车上抽着烟等我悠闲淡然的样子。"嘘！"胖警察扔掉烟屁股，把食指按到嘴唇，学老周的样子。"撬门的确声音响了点，嘭地撞开门，一股浓烈的恶臭逼退了想一哄而上的邻居。你们那个老周坐在小板凳上，面前的沙发上躺着他女儿，他就这样连着嘘了三次，后面说了句我忘不了的话：'你们不要吵，我女儿在睡觉呢。'阳光从被他遮得严严实实的绒布窗帘当中缝隙钻进一丝，看得见无数微尘在翻滚跳跃，他把女儿身上盖的毯子往上拉拉，沙发周边已经出水了，尸体正在加速腐烂……"

我脑子轰的一下，一切声音都遥远了，一切影像都模糊了。这一家人彻底毁掉了。烟不需要了，酒不需要了，地图没有用了。老周正以他独特的方式与这个世界告别，虽然他还没有走，但是我想他的存在对他自己来说，已经是多余。胖警察强行把老周拖离现场，老周才放声哀号，那已不是人类的声音："她只是睡着了啊，本来她马上会醒来，都是你们啊，把她逼上绝路了啊……她还要读书、上班，她看书累了，休息一下，你们都不让呀！"他不是不知道女儿已经离开这个世界，而是怕面对现实。他的内心，执着地想着，这就是个梦啊。一觉醒来，什么都恢复了。妻子忙家务，不再为圈子里的事情费心；女儿准时下班回家吃饭，然后与同学骑车去夜大上课；自己喝着小酒看看拓本，业余篆刻家的展览将要在区文化馆展出。他的理想很简单，越是简单的却越不能得到。他对现实的害怕，根源是对未来不确定性的恐惧，只能将自己紧紧包裹在臆想当中。

最后一次看见老周，我正坐在公交车上，夏天窗户全开，车一动，就把我的头发吹起。我眯着眼看风景。一片短袖衬衫里，凸显一身中山装。我紧盯了几秒，才看清那个满脸胡须、满头白发、弓背塌腰、跌跌撞撞走路的人就是老周。老周的眼光正好也扫向公交车，四目相接，我的眼瞬间就红了。即将离开我视野的他，缓缓地举起了右手，蓝色袖管褪下，枯干的手臂伸出，对我摇着摇着，一直没有放下。我脑子里出现一个词：帮凶。我开始厌恶自己，没有个性地随波逐流。握紧扶手的右手，隔天虎口出现一块青紫斑。

冬天第一场雪下来的时候，老周去世的消息像雪片般洒向单位各个角落。我屏蔽各种恶意传言对他死亡方式的亵渎。他对我的挥手，就是一种别样的永诀。我异乎寻常的镇定，仿佛几个月前就接到了老周的死亡通知。没有开追悼会，没有任何悼念活动，只有他外甥一个人来清点、认领遗物。工段长打来电话，让我回原部门一趟。老周遗物里有给我的东西，那是一个牛皮纸信封，上面写着我的名字。撕开，里面一方椭圆印，一小张宣纸上试盖的鲜红印模：致良知。细看边款所刻日期，正是老周咬我之后的几天。

冰雪正在冬日暖阳里渐渐融化，滴滴答答掉下的屋檐雪融水，冰冷地落在我心里。就像这个城市正在消失的街巷，老周等小人物也在消失，过不了多久，再也找不到踪迹。而我，也将一切打包，封存。

鸽　子

女孩迅速把食指竖起，按到嘴上："嘘！小点声，爸爸在休息。"

我连忙把抄表卡举过头顶，抖了几下，表示知道了。门口胡乱散放几双凉鞋和拖鞋，看不出男女，我挑了最大的拖鞋。门里门外温湿度没有区别，屋里唯一的好处，把楼道不明杂物的酸臭味道隔绝。

女孩把我让到北窗边的餐桌旁坐下。那是一室半一厅房子。其他的房间,包括女孩小小的卧室,我只需稍稍探身就看个大概。楼道已经斑驳,室内却比楼道更破旧。我有点惊讶,养护工段长的家竟然是这样。

"你是爸爸的朋友?"

"呃,是吧。杨段长和我工作上经常接触。我们谈得来。"

"我爸可不爱说话。"

女孩端坐在方凳上,餐桌上摊了纸和笔。窗外雨丝飘到纸上,她有时一笔要反复描几遍。

"你在画什么呀?"那是一只白鸽的样子,我早就看出来。

"你们最不好了。"

"我们怎么啦?"

"嘘!你又大声了。爸爸在休息。鸽子受伤了,你们还让它送信。"

"好了好了,我们不让它送信。"

女孩头发自然卷曲,黑中带黄。她每次抬头看我,眼神都从挡在前面的刘海里穿出。

微雨里的黄昏来得比往日更快。女孩不开灯,眼睛凑到白纸跟前,铅笔贴住了她的腮帮。

"啪",主色的蓝铅笔断了。她把铅笔放进卷笔刀,呼啦呼啦,笔芯出来了,但笔基本拿不住了。

我转头看看主卧室门,仍然紧紧关闭。老杨跟我约了五点钟,我提前十分钟到,现在已经五点半了。虽然我在一点一点烦躁起来,但是仍然提醒自己,如果下次再要麻烦老杨,就一定带一盒彩色铅笔来。

画基本完成后，我还是吃了一惊。女孩画了一只死鸽子，背景是蓝天，蓝天里有些绿树点缀。一只受伤的鸽子正从天空坠落。女孩是以仰视的角度画出的。

她看着我，用平淡的语气教育我："死很正常，只要不痛就行。"她用手把头发挽到耳后，盯着主卧室，和我一起静静等待。

我约老杨一起去的那户人家，住房管局房子，已经半年没有交电费。我去催了几次，他们说房子闹鬼，除非把鬼捉掉，否则他们死不交费。

有了鬼这个概念，我一开始就暗示老杨是否可以安排在大白天去。老杨三角眼斜睨一下，说天黑才能查个究竟。我只有靠老杨，不敢说话。

女孩这么漂亮的眼睛一定不是遗传老杨。卧室门还没有开，我就顺便问一句："你妈妈还没回来吗？"

女孩不说话，扭转头去，默默用手指指墙上。

拥有美丽眼睛的女孩妈妈相片已经挂在墙上了，相片里，她正对着我们微笑。我顿时觉得身体里的一根筋被抽掉了，任何东西都变得软软的。

女孩没有开灯，除了我们桌子，其他都渐渐没入黑暗。突然，照片亮了一下，女孩妈妈笑得更加生动。对面卧室门打开了，电灯光线射出，老杨走出卧室，顺手灭了灯。女孩妈妈的脸模糊起来。

老杨把自己的头凑到厨房水龙头上，冲洗一下，对我说："走吧。"

关上门的一瞬间，我瞥见女孩正把画贴到妈妈相片下。

老头和老太都吸着劣质卷烟。我注意到老杨悄悄把他们扔过来的烟捏到手心,点燃从胸口摸出来的烟。

产权不属于老夫妻的房子,就像公共汽车。这里掉一块,那里缺一片,随时间推移越来越破旧。家具不一样,整齐干净,甚至有一两件紫檀桌椅。

天几乎黑透了,他们都没开灯。借着南窗外射入的路灯光,老头说的话都带有鬼气。

"每到这样的阴雨天,我的心脏就吊到喉咙口了。"

"我们宁愿在黑暗里默默祈祷,也不愿在灯光下受罪。"老太补充一句。

"好了,现在开灯吧。"老杨把烟屁股碾碎在烟缸里。

老头老太对望一眼,报定牺牲什么的决心,"我来吧!"老头拉了开关线,像拉响了雷管。我们做好了迎接电灯碎裂、开关爆炸、电线起火等灾难的准备。但是什么也没发生。我们坐了下来,在明亮的日光灯下,我和老杨研究起紫檀木的包浆。

老头的心似乎还没有彻底放下,与老太一直嘀嘀咕咕,不时看看天花板。抽第二支烟的时候,我感觉他渐渐放松起来。打起了趣:"鬼今天休息了呢。"

老杨拍拍屁股起身:"要么就是咱们阳气足,要么就是你们借口不交电费。"

"费"字的音还没有收尾。日光灯光线就起了变化,逐渐暗了下去,暗到只有白色的那根管子,瞬间,又极度爆亮,超过三四只正常灯管的亮度。我刚在心里想这不是正常的短路现象吗?突然,楼板里传来"咯——咯——咯——"的声音,似乎是女人断断续续的冷笑声。

老头老太早忘了手上燃着的烟,烟灰落得膝盖一片灰白。"就是她！就是她！"老太开始阿弥陀佛念个不停。我坐在紫檀椅子上，有一种想往外逃的冲动，但是直不起身。

老杨根本不在乎什么光什么声音，一脚踩在饭桌上，伸手就把日光灯灯罩卸了下来。除了吊顶上钻出的两条线，什么都看不见。他没有跟老头老太打招呼就开始拆吊顶板。我托着日光灯，灯光忽明忽暗。两个老人看到我阴阳交替的脸，会不会也感觉恐怖？

突然间，我就想到了女孩妈妈的相片。在我脑子里，一明一暗。

"嗤啦"一下，电线在老杨手上撑直。日光灯一下子恢复正常亮度。老杨大半个身子探入吊顶内。呼啦呼啦的声音让我心惊，唯一看得见的他的脚在抽搐。老人们的脸几乎瘫了。老杨在跟什么东西搏斗。虽然我不往那个方向去想，但是老人们肯定那么认为。

暗夜里突然传来沉闷雷声，更显出吊顶里激烈动静。老杨捂着胸磕磕碰碰半自主滚下饭桌时，我心想完了，这个人被鬼掏去了心肺。但是，滚着滚着，老杨呼地站了起来。我这才看清，他的胸脯肥肥地鼓起两块来，他一手压一块，飞快跑到窗前，一掀衬衫。远处一道闪电。两个白影夺窗而出。

原来鬼是白色，长翅膀的。我几乎放松下来了。老头和老太却连窗户都不敢接近，盯着老杨背影，等待他转身。

回去路上，雨停了。老杨顺路拐进一个工棚，让施工人员准备些堵漏材料，天好就要把阁楼上的漏洞堵掉，把磨损的电线换掉。

我看着他弓腰上楼回家的背影，想起女孩贴在妈妈画像下面的那只鸽子。

"你知道吗？有时白鸽也会被误认为鬼的。"

"嘘！你这个人就是说不听，叫你小声点小声点，爸爸在休息。"

"这是你的暑假作业吗？"

"傻瓜才在暑假开始就做作业。"

女孩又在画白鸽。一看就有病。脚边点点滴滴还没上色,估计是血迹。

"人家画的白鸽总是丰满健康,为什么你的却不死即伤?"

"外表一定是真的吗?"

"不是。"

"真的一定看得出来吗?"

"不一定。"

我还是坐在老位置上,女孩仍在画画,有时我甚至认为时间错乱,这是第一次还是最后一次?我面前放了一杯凉白开,天很热,外面没有一点风。我喝一口水,汗就从背心上渗出。女孩瘦,宽大汗衫并不挺括地套在身上,隔着一层空气。她也想不到开电风扇。

午睡时刻,胃里集中本应参与思考的血液。我脑子开始迟钝。主卧室门紧闭着。

"咯吱、咯吱",支撑我的头的右手抖了一下,脑袋往下一沉。女孩正在打开我为她买的二十四色蜡笔盒。我没有惊动她。

"咯吱、咯吱、咯吱",越来越清晰的声音传来,我四下找寻。很快,声源被我定位在主卧室。

当着女孩的面,我只能说:"你爸起来了。"

"没有。"

"似乎卧室里有动静了。"

女孩头都没有抬,"我说没有就没有。"

我微微转过头,"那就是闹鬼了。"

女孩把头转向了画像,手里抓紧了一支红色铅笔。

这是七月底的炎热中午,老式三五牌台钟无聊地发出单调节奏，但是，单调的声音顽固地把无形发条拧得越来越紧。女孩开始东张西望。我更加细心地观察，有种说不出的感觉，房间就像一个黑洞，我们都在竭力躲避。

"我问你个脑筋急转弯。你同学小明的白鸽在你另外一个同学小玲家生了一个蛋，请问应该是谁的蛋？"

"那还不就是白鸽的蛋吗！"

我想表扬一下她的聪明，可冲她满不在乎的样子，我把话压了下去。我又注意到她的画上。

这是张一只大鸽子和一只小鸽子紧紧依偎的画。大鸽子卧在沙地里，扑腾开来的翅膀上点点鲜血滴下。小鸽子在大鸽子翅膀内，高仰着头，张嘴呼唤着。

"你的画让人不是太舒服。"

"我画得还不行。"她摇摇头，"伤病的痛苦就是画不准。"

"那是你还没有切身体会。"

"咔嚓！"她把一支红铅笔插进画中小鸽子胸口。红色铅芯和木头碎屑放射状铺满小鸽子整个身体。

我惊讶地看着她发抖的手、苍白的脸，听到她喉咙口拉风箱般的呼呼声。

"妈妈只剩下这一点点，就这一点点。"刚才的铅笔屑，现在被滴下的泪水，渲染成一摊玫红。

"我被带出教室时，太阳光把双眼晃得一时睁不开。我就在想，阳光灿烂的日子里，怎么可能发生什么不好的事情呢？虽然刚才教导主任神情奇怪地对班主任说了几句话，我还是存着不是最坏结果的幻想。"

我认真地听一个十几岁女孩说话，却似乎比我还沧桑。

"已经认不出妈妈这个人了。他们把我推向她的时候,我居然有些抗拒。她失去了形状,一堆骨头拱起白色床单,床单起伏让我想起沙漠。"

我眼前也出现沙漠景象,只不过更为突出的是那些风化的动物尸骨。

"但是,当我在他们再三要求下,轻轻喊了一声'妈妈'后,妈妈睁开了眼,她那双大眼睛占据了脸的大半。看到我后,她的眼里充满了泪水,就是落不下来。她嘴唇轻轻蠕动,我就猜是叫我小名。可我就是没有泪水。"

女孩现在眼里充满泪水。"妈妈其实并没有喊我的名字。她没有。她反复在说一个字:痛!他们轮流跟她打招呼,她紧闭双眼摇头挣扎。然后,护士给她打了最后一针。突然,一片红润飞上她苍白的脸,生机浮上来。她睁开眼,伸出手来握我搭在床边的手。但是,这个过程走到一半就结束,死灰在瞬间笼罩她全身。爸爸把我眼睛按住。等我睁开眼,白色沙漠完全覆盖她。"

女孩妈妈的相片端庄丰润,眼里带着宁静和希望,望不见痛苦和煎熬。似乎她的脸扭曲了一下,对过房门开了,光影抖动。

老杨一手提着裤子,一手把门带上。女孩扭头进了自己房间。老杨看了看桌上的画,把皮带扎得更紧些。

娄江河水一路向东。沿河居民世代做着水上生意。在与国道的交叉口上,有一块凸起的三角地,一面临街,两面临水。上面有三家人家,分别开着面馆、杂货店和土菜馆。从上个月开始,他们都不交电费了。有个消息像病毒般传播开来。"三角地将要削掉,使娄江水不再蜿蜒而下。"

我和老杨骑车到面馆时,最后一批货车司机刚刚离开。场地上的扬尘还未落地，我感觉前景一片迷蒙。倒是老杨笃悠悠地东晃西晃，没有具体目标。

杂货店老板是箍桶匠，坐在门口干活，顾客跨过他的浴盆或者马桶，取走所需物品，感觉都是他手工制作出来似的。小刨子来回在平直的木板上细磨，木板就显出弯势。

老杨问箍桶匠："一直拖下去？"

箍桶匠此时换了砂皮，在浴盆盆沿上，温暾地扫来扫去。

"好，你们拖下去我也管不着。不过电费总要交吧。"老杨拍拍我肩膀："我兄弟靠这吃饭呢。"

箍桶匠指指土菜馆，"你们去问问他，他要答应，我们两家没问题。"说完，他把砂皮对折一下，换一面继续磨。

腥味顺着冲刷地砖的水向四面扩散，门窗全都敞开，知了叫声催干桌上的油渍和水渍。屋里找不到人。我推开后门，眼前正是娄江拐弯的冲积地，也是自然形成的饭店后院。我盯着行驶中的拖轮，感觉自己正在渐渐后退。把眼光收回、放宽，水道、拖轮、防护林，才又恢复正常。

老杨警觉地朝岸边的简易工棚走去。工棚发出的声音，奇怪而压抑。

女孩向鸽子插进去的情节实在太暴力。现实中鸽子的死，更残忍。透过工棚缝隙，雾气和油渍裹牢的白炽灯，只能发出一半功率的昏光。一只手紧握鸽子脖子，鸽子张开翅膀和双脚拼命扑腾，不到半分钟，鸽子挺直了脚、垂下了翅膀。老板脚下铁丝框里一堆死鸽子，都像睡着了。没有一滴血。

饭店老板并没有停手，空出一只手抓了一根烟扔给老杨。另一只手他又伸手去捉，活鸽子紧紧挤在笼子的远角，"咕、咕、咕"

的声音像在放哀乐。

"都说水总要往东流，但也不能直通无碍吧。老天爷设计了这么个弯，你们要去裁直，脑子坏了。"

他是一个文弱的人，手上有了鸽子，才显出血腥。这是一个天然休憩地，东西往来车辆，顺手一拐，就进得来。水要往东，虽然不可阻挡，但河道曲折自有道理，最终落到小老百姓头上，就是天时地利。

很久以前，这里就有一个驿站。传说驿站里曾经有块御碑，碑虽早已佚失，但有些内容口口相传下来。比如说规定驿站必须建设配套设施。那些设施与现在的三个店也差不多，无非是提供实惠饮食和生活必需品。只是现在交通更加便利，以前客栈、旅社自然消退了。

日出日落，似乎一切都这么简单和顺当。抹掉三个店很简单，甚至拉直河道，改变千百年来娄江走向也很简单。但是有些东西失去了就再回不来了。饭店老板左手用力一捏鸽子头颈，右手把烟蒂弹出窗户，落进娄江。

他转过头，盯着我们俩。"我知道可能自己的抗争最终不会起什么作用。"他夸张地举起鸽子，死了的鸽子在他手上晃晃悠悠。"但是，没有坚持到最后一刻，我们就有胜利的希望。"

我和老杨站在蒸笼似的棚子里，身子燥热，期待娄江上吹来凉风。可是没有，一点风都没有。等待拆迁的三家店老板，也在等待。

等待是一种煎熬。

我转身走出棚子。那两家店的两个老板在不远处看着我们。箍桶匠放下了砂皮，面店老板解下了围裙。

老杨跟出来，抹了一下额头上的汗，"我把工地上的弟兄们喊过来吧。"

他的口气软软的,就像嘴上叼着的那根湿湿的烟。

我们都在哀悼鸽子。我脑子里盘来盘去就是这句话。

"干脆利落地死,病痛困扰地活。你选哪种?"

老杨吧嗒几下,把烟点透。"大家都知道折磨的痛苦,但只要有一线希望,就会拼命求生。所以,你这个问题不能简单回答。因人而异,人在不同阶段回答也会不一样。"

老杨看到我的目光一直没有离开,轻轻低下头说:"如果真要我选择,我选择前者,倒不是我不怕死,而是我领教过病痛折磨的全过程。"

我拍拍老杨的肩:"不要让你的兄弟来了。这里的事情,再考核我、处罚我,我也不管了。"

"你来这么早干吗?"

女孩的语气已远不如夏天生硬,甚至有点戏谑的味道。

"你爸爸不会又在睡觉吧。"

"你说呢?"

"看你这样的嗓门,他肯定早就起来了。"

"错!"女孩这个字像一颗子弹射出,瞬间击得我往后一仰。

"那我们还是小点声,不要吵醒他。"我做了个低声的手势。

"无所谓啦。你来肯定有事,正好他也可以起来了。"

窗外银杏叶都已经泛黄,一整条街的黄色在阳光下抖动。鸽群在房顶之上盘旋,鸽哨尖厉的声音,提醒大家冷空气的前锋即将到达。

我抑制住兴奋的心情,吸进去的每一口空气都是清新中带着甜味。那些乱七八糟的杂事，那些风雨中的酷热和冰冷，都将被我抛在脑后。一路上，似乎每个人都带着微笑，都在对我点头。我设想遇到老杨的情景，还有这个女孩，总之，他们都会高兴起来。

可是，女孩对我的事情，并没有表示高兴，却也没有感到不好。可能她还不懂。我在动脑筋，怎么跟她说明内勤比外勤来得高档。

"比如说鸽子吧，公园里的鸽子足不出户接受喂食，而信鸽一天要飞几百公里还要觅食，哪种鸽子生活更舒服？"

"那自由呢？要我在自由和舒服之间选择，我更愿意选择自由。"

"绝对的自由是没有的。它只存在于我们的想象中。"

女孩扫了一眼主卧室的门。眼神回过来的时候，又扫了扫墙上的照片。

"人死了以后就什么都没有了吧？"

"唯物主义是这样认为的。"

"那多可怕啊。出生前的世界一片漆黑，死后的世界永远黑暗。"

"所以好多宗教都提出今世修行，修炼到位，就可以灵魂永生。"

"我做了一个梦。梦见我妈妈了。"

"你想念她了。"

"她是好人，所以她的灵魂并没有死。她要我照顾好爸爸。我觉得自己一直做不好。突然有一天，一只小白鸽飞到这个窗台，它侧脸看我，我也看她。我给它喂玉米，它天天同一时间飞来。我们成了好朋友。但是，有一次，我想去抚摸一下它的羽毛，它却惊恐地逃离，从此不再回来。"

"鸽子本性就胆小。"

"我由此想到，其实我们都是鸽子。爸爸是孤独的信鸽，妈妈是因病而亡的鸽子。我呢？就是那只惊恐的小白鸽，什么都不信任,什么都不敢做。小白鸽为什么要干涉信鸽的生活?它本来就已经很孤独了。"说着说着,女孩的眼泪落在餐桌上,她用手指反复捻这些小泪滴。

"你爸爸妈妈都是善良的鸽子。"

"小白鸽希望信鸽带来春天的好消息,带它一起成长。"

主卧室门一直没有打开,里面没有一点动静。但是,我已经不认为这是一个黑洞了,而是一个磁场,穿透并且吸引着我们的内心。

突然,大门却被钥匙打开了。一个小男孩拎着一袋油条、几袋牛奶,轻手轻脚走进来,把零钱交给女孩,然后把油条一根根摆放到餐桌上的瓷盘里。

女孩对他说:"把牛奶温一温。吃好就做功课。"

男孩对她做了个鬼脸。

我转脸看见那张相片下面,一束菊花黄得耀眼。

夹 弄

下塘是沿着娄江一直往前的窄街,到酒厂就断了头。我很想知道绕过酒厂后的街是不是还叫下塘,不在我抄表范围里,问多了反而不好。

那天早晨,我在张小毛店门口停好自行车,走上这条单向街。春天的单行道让我想起梦里无尽的旅途,特别飘了细雨,更有了前路难行的感慨。走到一半,雨丝就飘了起来。我穿上雨衣后,耳边放大了自己的脚步声,以至于左手河里的动静一无所知。我最讨厌这样的格局,一只只表抄过去,到酒厂碰壁回转,只能空手晃回来。什么圆圈形、马蹄形等等想都不要想,职业病一般都是神经质。在一家家"转场"的间隙,我居然想,要是河边每棵垂杨柳上都挂块电表,那该多圆满。在深深备弄里进进出出,我烦透了。

又是一条备弄,我只能在黑暗中摸索。手电筒光总找不到电表的方向,沿着杂乱黑色电线仔细寻找,一些秘密暴露在眼前。两股细细花线隐藏在粗大黑线后面,像蛇一般缠绕,在电表前把电流引到需要的地方去。这并不是我要管的事,记录在案,自有专职来查。探求真相和侦查破案的本能促使我放弃本职工作。于是,我抛弃黑线,随着花线,低头、侧身、转弯、推门。那是一间再普通不过的客堂了,一张八仙桌,几只方凳,碗橱和灶具堵住厢房的后门。花线消失在碗橱后面。再重要的检查,不经过主人同意无论如何也不可进厢房。

手电筒在碗橱和厢房后门间隙里上下打量,就像射进黑暗夜空一样,微弱的光被完全吸收。一阵强劲有力的步伐响起,我连忙直起身,回头看,不料雨衣遮住头部。等我掀开雨衣,军绿色军装在门口一闪,漆黑备弄里响起整齐的"嚓嚓嚓"声。

我坐到张小毛店里,他扔来一支黄红梅。见我有点嫌蹩脚,手指指点点:"你看这些、那些,品牌是不错,但都是假货,有什么意思?我只吸正宗的。"

有个中年妇女来敲窗,张小毛移开玻璃。细眉细眼的女人朝两边看看,"我这里有几条烟,你广告牌上说收这烟。"

张小毛慢吞吞地把一块黑色绒布铺在玻璃柜台上,拿出一大一小两个放大镜。朝女人身后左右望望,朝里屋叫了一声:"有人卖软中华,拿激光器来验验。"

张小毛老婆一边在围裙上擦手,一边低头开始找东西。她在柜台下面找了一会,才取出订书机般的激光器。张小毛接过香烟,先验激光标记，再仔细看封条，封条竖着看，烟的下半身落在柜台下。看了半天，又看另一端的封条。我坐在离这对双簧夫妻后面三尺远，他们每个动作全部落入我眼睛。

张小毛调转香烟的时候，左手不松，把整条烟压到柜台下。右手抓住他老婆从下面递给他的烟，双手在绒布后漂亮地来个交叉，然后缓缓提起，烟浮出柜台后，轻轻松开左手，细眉女人的烟落到老婆手里。如此几番，柜台上全变成张小毛的烟。

张小毛掸掸台布上的灰尘。他老婆轻咤一声："要死，炉子上还炖着腌笃鲜。"转身飘进灶屋间。

他轻声细语地告诉细眉女人："不好意思，你的这些烟都是假的。"

"不可能！这都是人家送的。"女人一急就出卖别人。

"我见多了，人家也是为了省成本。"

张小毛随手拿起一条烟，指尖在烟壳上滑动，五个手指都游动的时候，烟变成了艺术品。"你看，这里应该有镭射暗标，这里的封条应该是双股塑料线，那里……"

"这些烟肯定不会有问题！你在瞎说。"女人五官皱拢，像愤怒的猫。

张小毛仍然慢条斯理："我不完全确定是假烟，但这些迹象告诉我，不能收下烟。"

"你做了手脚！"女人顿了顿，索性说穿。"这些烟不是一个人送的，好几个人送的烟都有同样问题？世界上做假烟的难道就一家？"

女人突然笑了起来，声音尖利但有所控制，"我看这个造假的，就是你。"

张小毛也跟着笑起来,"大姐不愧市面上跑跑的,大家不吃亏,我付个平均数,你看怎样?"

女人跟张小毛讨价还价,最终以市场价六五折成交。她临走把柜台上两瓶古越龙山顺走,脸上这才五官归了位。

张小毛收起假烟,又放进柜台下的纸箱。雨点飘进来,他随手关了窗。一股腌笃鲜的香味在店里游荡。我问他为什么那女人肯低价出手。他笑了笑,又扔了根黄红梅给我。"她的烟来路不正,吃不准是不是假烟。怪我老婆手太狠,如果先收下两条,再退回,她就肯定认账。"

一身绿军装在窗口一闪,我心里一动,赶忙伸长头颈朝外面看。只听得几声"嚓嚓嚓"。我刚想开口问,腌笃鲜就盛了上来。胭脂店夫妻午饭上来了,我连忙撤退,在他俩热情邀请中快速走开。

雨天故事仍在继续。我一出胭脂店,习惯性地摸了摸挎包,身体一怔,计算器不见了。第一反应,大声呼叫张小毛,两人手拿筷子钻出来,紧张地问什么事情。

我甚至连从未去过的灶屋也检查了一遍,张小毛倒是帮着翻东翻西,他老婆渐渐虎起脸,碗盆叮当作响。"你是不是落在刚才抄表的什么地方了?"我仔细回忆,黑暗备弄里的花线事件,渐渐浮出脑海。

其实从一开始,我就认定计算器肯定找不回。之后的一切行动,只不过在证明我最初的判断。空气里有股莫名的潮气,这样的味道统治着无形世界。爱与忧伤最容易在潮气里发酵。从张小毛店里出来,上桥,下桥,左拐。当我再次踏上这条单行街时,正好午饭时间,雨虽然没有早上大,但是更细更密,整条街都笼罩在雾气里。街上非常安静,闻不到一丝饭菜香味。这样不食人间烟火的样子，我有点诧异。要不是旁边娄江河水哗哗流，我还以为走错路了。

接着，备弄里的一个重要变化，让我惊得手电差点掉了。花线没了。颤抖的手电筒光斑沿着黑线游走，却再不见花线踪迹。我只对张小毛说了这个事情，我俩一直在一起，他不可能跑过来把偷电证据移除。

更要命的是，我找不到那间客堂了，两小时前，简单地转个身，推开一扇门，就来到客厅上。但是，门没有。漆黑备弄的顶端，往左是17号，往右是18号，中间没有分岔。

我饿着肚子，在备弄里像狗一样来回奔跑，嗅吸可疑的地方。冷静下来后，我用手电筒敲打墙面的每一尺距离。没有空心或者木质声音迹象，均一砖墙无疑。与此同时，我已经忘记回来为着找计算器。

备弄安静得依稀能辨出雨落在娄江河的声音。突然，"嘎嘎"两声。我回头一看，右侧的18号门开了，一条身影从门里闪出，直往对门而去。门在身影后快速合上，仅一两秒的黑暗沉默，17号的门被推开，光线照到那个身影瞬间，我看到了绿军装，绿军帽。这次最突出的印象是，军装曲线鲜明，尤其胸部高高耸起。

17号大门用白铁皮包过，铆钉别扭地在门上打了两个方框，框里铆了"福""财"两个字。沉重的门背后，是一排排水池。两只狼狗发出低吼，两条铁链绷成一个V形，我在V的开口处看到了水池的颜色。有黄有红，还有黑与白。那是挤满每格水池游泳的金鱼。

"喜欢金鱼吗？"虽然有心理准备，但是当绿军装正式出现在我面前时，我一下子觉得脸很熟。不可能熟的话，那么就是什么地方出了问题。她双手戴着白手套，撑开一把黑伞，伞下面最显眼的是那顶军帽。似乎不是正规样式，松松垮垮地出现多个棱角，正面钉了一个五角星。

一个五角星，几乎让我断定这个女人精神有问题。她见我不答话，就自言自语："下雨了，出门要带伞。"

但是，她并没有带上伞，而是收起轻轻放在墙角，光这个举动就让我疑心。"喔呦呦。"她像第一次看到那么多鱼的样子，叫着人心都软了。两条狼狗转过头去，似乎不愿意看到她腻人的样子。她几根花白头发从帽子里钻出来，扫到粉白与黄皮肤交接的地方，年龄又成了一个谜。

她把手伸进水泥池，双手捧出一条特大号的红狮，隔着池子轻声说："年轻人，你知道吗？鱼的记忆只有七秒钟。无论幸福或者灾难，过了七秒，它又开始平静生活。"

我不知道鱼的记忆到底有多久，只是由她说出口，总感觉在暗示什么。她手一放，大红狮跃入池中，混进鱼群，转眼消失。她从拎包里拿出一条白手绢，轻轻一擦，手一拍："好了，我们走吧。"

走？到哪里去？跟她一起走？怎么可能！但是，当她转到我跟前，白手帕在我眼前一挥，"走吧！"我居然自觉自愿地跟着她迈开了腿。推开17号门的时候，对面没了门，18号不见了。但是，我一心想跟着她，没有时间细细研究。

穿出备弄来到街上，雨雾盖住一切。好在绿军装还容易辨别，她保持一种姿态向前，类似军人正步走，却夹杂女性韵味在里面。我在整齐的"嚓嚓"声中，不自觉地规整了自己的步伐。那是一种发自内心的感动，虽然仍夹杂恐惧和疑惑。她是一个辐射源，离她越近，我们步伐越一致，内心的激荡越激烈，反之不安就占上风。

突然，前面似乎出现一个影子，她猛地嘴里急急喊着听不懂的口令，加速朝前追去。追上去之前，她回头对我一笑，我一瞬间把她和卖烟的细眉女人联系在一起。不是相像，简直是同一个人。

没过多久她就消失在雾里。脱离了她的辐射，我如同梦中醒来。街上安静无声，更没有一个人影。怪异的雾总在我身边围绕，总也走不出。明明是单行的街道，过一会儿，又回到老地方。

也不知道走了多长时间，兜了多少圈。那个斑驳的金山石柱子，我已经看到很多次了，每次看到，绝望的心就往下沉一沉。难道我就在这里永远走不出去了？我开始呼叫，街边一扇扇窗里，寂寞无声。整条街正在死去。突然，我想到了光，有了光就有希望。手电筒的光开始很白，后来变黄，到最后只剩红红的一点。但是，就是这一点点光，让我不再兜圈子，我总是让河流的声音出现在我的右侧。而之前，娄江的声音在我的四周出现，令我迷乱。

第一个闯入我视线的是一个挑着菜担的老太，她头上青花布包头，差点让我眼泪掉落。我默默侧身让路，卖完菜的担子不是很重，在老太肩头舒服地呻吟着。我望着老太在街上走远，想着刚才擦肩而过时，她抬头望了我一眼。她们都长了一样的脸、一样的眼眉！

雨还在下，雾消失了，天色亮得让空气都透明。我这才发现，遇见老太的位置就在桥堍，张小毛的店就在对过。张小毛老婆见到我，显出一脸不满。张小毛仍然慢条斯理，"还是在这里吃饭吧？"我这才惊奇地发现，张小毛似乎刚刚吃了几口饭。小方桌上，腌笃鲜满满当当，香味扑鼻。我扔掉挎包，奔上桥顶。雨中下塘街，白墙黑瓦，缕缕炊烟。那是我刚才走进的街巷吗？张小毛替我盛了一碗饭。我实在挡不住饭菜诱惑，类似连续两三天没有进食的饥饿感击倒我。张小毛老婆看着我大口吞咽食物样子，脸上露出奇怪表情。她给张小毛使个眼色，趁我大口喝汤的时候，轻轻说了句以为我听不到的话："他去过'夹弄'了。"

有时候，我觉得抄表是一件很舒心的事情。单车往来，自由自在。几年下来，城市的角角落落都跑遍了。但是，我从来没有认为这是可能遭遇危险的工作。从张小毛胭脂店回来的当天晚上，我就发烧。验血没有任何病毒感染，单纯高烧。梦里，卖烟女人、绿军装女人和卖菜老太互换角色。金鱼跳出水池，傲慢看管豢养的一群群狼狗。

每当我在弄堂或者备弄里迷路，这三个女人在不同弄堂里出现，给我提醒，但是我还是一步一步走到了娄江里。这时，我才感觉原来这个季节的河水还是这么冰冷。我努力脱离河道，当头阳光照射得我大汗淋漓。就这样，水上、水下、冰冷、燥热，反复交替。

有一阵子，觉得自己身体轻了，可以飘起来了，又可以反转身体看自己了。然后，加速离开身体。我是不是要死了？远处出现一点光，越来越亮，我正加速飞向它。我无法控制自己。沿路都是我熟悉的街巷，我在那里穿梭的影子，越来越模糊，越来越大，最终覆盖了整个城市。但是，那个光点消失了，我在漆黑世界里失去方向，扑倒在昏沉沉的现实世界里。

在床上躺了十天，身体还是虚弱。班长让我暂时做做内勤。春天温暖午后太阳晒得我昏昏沉沉，突然一阵吵闹声让我一个激灵。看惯了营业厅里为了鸡毛蒜皮小事而大吵大闹，我把领子竖起来，蜷紧身体缩在椅子里。一根花线！我昏沉沉的头脑注入了兴奋剂。索性拉开窗户，把头探出去，除了花线，我又看到一张熟悉面孔。细眉细眼女人动作夸张地扯开嗓子说着什么。

那天我从胭脂店吃饱饭回单位，虽然高烧的前兆已经开始，双脚灌铅、手脚发凉，但我还是登记了发现窃电的线索，希望有同事再去那条古怪的备弄，解开我的疑虑。

细眉女人仍在吵吵。柜台工作人员看到我，把我拉到边上，告诉我下塘街最新发生的事情。登记表流转到外勤手上的第二天，他就来到了娄江边。外勤也抄过表，年纪大了，做稽查。胭脂店，必定要进去坐坐的。据说张小毛非常关心我的情况。那是一个无风无雨也没有太阳的阴天，外勤"顺利"进入那条备弄，立刻发现隐藏在粗黑线后的花线。但是，花线并不是消失在厢房里，而是接到了一大片水泥金鱼池的供氧、循环水系统上。他走进院子的时候，细眉女人正在喂食。证据确凿。

"你们脑子有问题啊。我说了多少遍，电是我用的，线不是我接的。"

工作人员再次表示，房东不来的话，只能处罚她。

"我上哪里找她去啊？这几天我跑破了三双鞋了啊！"

"她是谁？"我突然有了说话的冲动。

细眉女人仔细看了看我，确定那种模糊的熟悉感无助于解决问题后，又显出持续抗争的面目。她的叙述拉拉杂杂，缺乏逻辑，但始终围绕一个明确主题，就是她完全没有责任，是无辜的。

整理一下她的话。她从没见过房东。一年前，有人说香港市场金鱼需求量大，价格高，她就和表弟一起寻找合适的场地。下塘街属于城乡接合部，有较大空闲院子，租金合适。他们第一次看到那个院子，出乎意料的整洁，但有种说不出的味道。中介说这样的院子再难找了，房东又答应他们可以使用客厅，饲料、杂物就有地方堆放了。客堂东西厢房，据说住着房东，但是这么多日子下来，没有和房东见过面，她就觉得其实房东不住在厢房。

包括房租、水、电等费用，她都是按照中介的关照，钱塞进信封，在规定日期前放到客堂桌子上。隔天，钱就不见了。她曾再找过中介，问房东的样子，中介笑笑说，其实他也是接电话执行任务，并没有见过房东本人。她又让中介描述房东的声音。中年妇女，带拖腔的普通话，显得比较夸张。有一个细节让她狐疑。房东房源信息比她联系中介的时间只早了一天，似乎这房源专门为她准备。但是随着时间推移，什么都没发生，她也就忘了。

最近，特别春天开始后，一些奇怪现象出现。先是两条狼狗每隔两天就会不认识她，看到她就狂吠。再是金鱼，有时她的身影投射到水中，鱼就迅速四散，而不是聚拢等待喂食。还有声音，特别是细雨蒙蒙的时候，总有皮鞋走路的"嚓嚓嚓"声，但是却难以定位，甚至仔细听却什么也听不到。有一次，她认准了声音出现在备弄里，快步冲向大门，却只看到一个背影。

"一个穿军装、戴军帽的女人？"我脱口而出。

"对，对！虽然追到下塘街也没有看到，但是我非常肯定是个女的。你怎么知道的？"

"我似乎也碰到过。"我只能用"似乎"这个词。

细眉女人重新回到花线问题。现在说什么都有了问题，那对花线提前放到屋檐角，黑胶布绑了两个头，表明有电危险。她表弟拆开，直接搭上设备，机器轰鸣。整洁的院子，房东也有心，刚开始他们就是这么认为的。

中介翻出一年前登记的电话，打过去，号码是空号。她和表弟守在客堂一天一夜，证实了房东不住厢房的推断。下塘街及周边，他们跑遍，也没有任何线索。

最后，细眉女人软了下来，要求从轻处罚。我听他们几个商量了半天，打电话给主任汇报，主任同意按最低标准处罚。

我把这个故事讲给张小毛听的时候，他基本没有任何触动。

黄红梅在他手上越烧越短。他把烟一包包扔给客人，迅速数着手上的钱。

"你只看见穿军装的女人，其他看不见的多了。"张小毛把收到的钱装进自制钱盒，大小面额分别放置在不同格子里。他指指下塘街上的弄堂，"里面也有很多格子，我们称为夹弄。有的看得见，有的看不见。有时看得见，有时看不见。"

见我很迷惑的样子，他解释："就像那个女的，不知什么地方弄来的香烟，要来卖给我。总之，春天花开，时阴时晴，什么人什么怪都出来了。最后，都被水带走了。"

我盯着张小毛的背影，猛然想到，他是不是此地最独特的一个怪呢？

糟 鹅

老旧楼房电表一般装在楼梯与一层的夹角里。自行车、破桌椅、旧锅碗等塞成小山。我在黑暗中打开手电，找到落脚点，然后踮脚在不明气味中粗粗读出电表数字，急忙逃出来。外面阳光刺得我睁不开眼，差点撞上一个人。我定了定神。

"卫东啊！"

臃肿的身体随着我的叫声，慢慢转过来。他没有喊我名字，只是双眼不动盯着我看，还是老样子。我忍不住笑出声，在他肥厚的背上重重拍一下，他这才咧开嘴："嘿嘿。"

卫东住在二楼，我跟他上楼。虽然我有思想准备，但还是被眼前景象惊到。进门到卫东的床，只留一条通道。卫东父母在这条通道里忙碌，我打了个招呼，他们似乎没有听到，不断地从两边堆积如小山的杂物里翻出纸板、报纸、瓶瓶罐罐，扎好，拖到大门口。吸进飞舞的碎纸屑，我不住地打喷嚏，眼泪鼻涕长流。

卫东已经躺倒在床上，看着天花板发呆。我用手掸掸坚硬的床单，轻轻坐到床边。这个房间通向阳台，阳台也同样堆满破烂旧货。延伸到屋里，桌上、椅子被各式垃圾覆盖，散发霉臭味。我一时找不准话题，就问他有没有和小学同学联系，他摇摇头。再问以前街坊邻居的一些情况，他还是摇头。

我又开始打喷嚏。抬头、低头的瞬间，五斗橱上几个广口大玻璃雪花膏瓶吸引住我目光。瓶里装满水，一个个蛋浮在水里，像正在孕育的胚胎。

"是咸鸭蛋吧？"

"是的。"

"直接用盐水腌制能行吗？"

"怎么不行？这里学问大了。"卫东已经走到我背后，他说话声音变大变清晰，吓我一跳。我回头，注意到他本来木讷的眼神里有什么被点亮了。接下来，他详细说为什么放弃黄泥腌制、酱渍法和腌渍法，而用方便快速的盐水法。嵌在厚眼皮当中的细小双眼，诡秘地一眨。

"盐水腌制，容易控制。吃不准，可以随时取出来尝尝。"

"现在可以吃了？"问这话时，我唾沫分泌增多。

卫东转身爬上床，在有巩俐大头像的日历上仔细查找、数数，然后告诉我腌制才一个月，要再过半个月才最佳。可随后他趴在床上，回头对我认真地说："不过，尝尝也是可以的。"

他父亲把小方桌搬到二楼走廊转角，母亲放好饭菜。一碗炒青菜，一碗家常豆腐，四碗白饭。坐在共用通道边吃饭，我是第一次。楼层居民习以为常，上下楼经过问候很自然："呦，吃饭啦。"

卫东在煤气炉旁掐算时间。十分钟后，火灭，开锅盖，蒸汽弥漫小屋。卫东一块纱布托牢青边碗，还没到眼前，葱香、麻油香已四散。"三色蒸蛋！"两位老人朝当中看看，默默拿起碗，快速地吃饭、吃菜，就是不去动那盘蒸蛋。卫东等蒸蛋稍稍冷却，快速将碗倒扣在白瓷碟里，沉淀在碗底的鲜蛋液，如今变成一顶黄色帽子。乱刀切碎的咸鸭蛋和皮蛋形成一个敦实底部。一根丝线，飞快地切割着蛋的小丘。卫东各给我们夹两块在碗里，他父亲连连摆手："同学吃，同学先吃。"

印章般的蛋块，黄、黑、白色泽清晰，线条粗放。三种蛋此时已融为一体。入口的一瞬间，咸蛋白的咸香混入麻油，变得硬香。原本肥糯的咸蛋黄被挤进鲜蛋液里，更加鲜咸、滑嫩。我用蒸蛋下饭，把一碗白饭改造得色彩丰富、味道醇厚。我突然捕捉到一些细微的更鲜美的元素，一点接一点地刺激味蕾，想要找寻，却转瞬而逝。

我在半透明蛋块里翻来挑去，似乎看见了一点暗红。"我放了火腿屑。"卫东平静地解释。"单位里手脚大，切下来的细屑都扔掉。我收集起来，家里做个汤、炖个蛋什么的，撒一点吊吊鲜。"

这个北方家庭突然出现在老街上的时候，我小学三年级。谁都没有想到他们会留下来。卫东父亲在老街街角搭个棚烘山芋，他妈妈在边上搭个手，顺便收旧货。卫东负责把收来的东西搞平，不管是纸板还是铁罐。他们几乎不说话，默默做着自己的事情。叮当、叮当的敲击声传出去很远，老街居民认定这是老实的穷困人家。一个阶段后，街角的棚子装上了门。烘山芋改成爆米花，摊头移到街对过，天天呼呼声和叮当声交织。卫东家稳稳占据老街两个角。

老街上终于有人坐不住了。街道来人三下五除二，把两处棚子都拆个干净。几天里，没了平日声响。

一天清晨，我还在做梦，就传来拖拉机沉闷的轰鸣声。拖拉机久久不开过去，我烦躁地冲出老宅看个究竟。街对过，卫东咧嘴对我笑。他负责把机器吐出来的"米棍"断成一小段一小段，放入张三李四家带来的桶、罐、盆里。他父亲操作柴油发动机，旁边围了几个爆米花小贩，讨教转行窍门。他母亲收钱、配料。一家人在岁末的朝阳里，汗水涔涔。

卫东一家重回老街的方式独特却有奇效。随之而来的，他们租到了大杂院里的一间公房。虽然"米棍"机在春节后就不再吃香，但是卫东父亲又摆上了油炸臭豆腐摊、大饼摊、豆浆摊等等，总之，他们家都做吃的，顺手收收破烂。不知不觉中，老街人离不开卫东家的食物了。

卫东坐在我前面的位置，他的功课几乎全都不及格。老师让我帮助他，我就常常以此为借口到大杂院去玩。有好吃的，我才进卫东家。卫东每次给我家里吃不到的东西，我吃得开心就给他讲讲功课。

天气刚火辣辣地热起来。有一次放学后，我俩一起回到他家，肚子有点饿。他打开碗橱，从最上层拿出一个磁茶缸，在我面前掀开，一股酒香飘出来。他用手指夹了一片东西给我，我直接用嘴接住，顿时，鲜味在我嘴里泛滥，仔细一嚼，脆脆的，比猪肚薄，在浓烈的香、醇厚的肥之外，回味中还有那么一点点臭臭的味道。他也吃了一块，显然在品味。

"糟的时间还不够。"

"这是什么东西啊？味道有点怪，但真是好吃。"

"用酒糟做的猪大肠，夏天吃清淡却杀口。"

我动足小脑筋，拿出牌做游戏，算二十四点，赢一局，吃一片大肠，输的没有吃。不出意料地，一茶缸糟货几乎都落入我肚子。

童年对美食的记忆，糟大肠绝对名列前茅。吃完三色蒸蛋后，我怀念的吃食里又多了一道菜，自然朴实又具个性。抄表岁月简单无聊，碰上卫东不仅重拾友情，还让鲜味复活。于是，很长一段时间，我们经常混在一起。

小学毕业，卫东几乎没读初中，就忙着替父母拉货、看摊。他的才能在做菜上慢慢体现出来。大杂院里喷香喷香的味道，定是来自卫东家小屋。我吃厌了外婆的"老三样"，就去卫东家蹭饭。那时，他已经掌勺。同样炒苋菜、炖白菜、红烧肉，卫东做的就是有不一样的味道。比如红烧肉，他会先把肉放进锅里煸炒至出油、金黄；炖白菜，即使没有肉，他也会放些油渣，甚至肉皮进去。看他烧菜，过程也有味道。

老街拆迁。卫东家没要新房，去了城东老新村。我们搬去了城南，新村整洁，不许摆摊。朋友就是这样，在一起，关系不断；离开久了，渐渐失联。少言寡语、成绩不好、会做菜的卫东消失了。吃完三色蒸蛋，我记住了他家地址，我刚有一个数字BP机，而卫东家什么都没有，电视还是九英寸黑白机，在屏幕前放了一块放大玻璃。

与我预料相差无几的是，卫东的确做了厨师。不是饭店、菜馆厨师，而是工厂食堂厨师，那家厂正好也在我抄表范围内。过不多久，我抄到那家厂，问了电工，摸到食堂找卫东。

一条队伍从打饭窗口排到门口。我刚往前挤几步，后面声音响了起来："喂，喂，排队啊。"

我连忙退回队伍最后，问前面拿着钢精锅的中年男人排队买什么。他说买糟鹅，同时表现出既骄傲又对我有敌意的样子：

"这鹅是我们食堂烧的，味道呱呱叫。现在，社会上的人也都来买，我们有时反而买不到。"

我显然就是社会上的人。食堂里人太多，一时不知怎么找卫东，我就索性排在中年男人后面。他警惕地看着一个人拎着三只鹅挤出食堂。"看看，看看，我说要规定每个人最多只能买一只的吧。社会上的人一买就是好几只，这是抢占我们福利呢。"

排在他前面的几个职工随即附和，说着说着就讲到糟鹅价格、门卫管理、工资奖金、厂领导腐败等等。但是糟鹅一到手，马上闭嘴匆匆离开。

排到前面，我笑了，切糟鹅的正是卫东。浆汁飞溅的时候，我闻到了熟悉的气息。我的童年向我飞来，不可阻挡。

"要雌爿还是雄爿？"卫东戴口罩的声音更加瓮声瓮气。

中年男人要了雌爿。卫东把一条长长的鹅颈连鹅头搭给他。他付钱的时候对卫东说："啤酒配你烧的鹅颈鹅头，不要太灵光啊！"

卫东看到我，有点惊讶，动作变迟缓。我主动说："来个雄爿。"

食堂安静下来时，天几乎要黑了。不知不觉中，桂花香就飘了出来，蟋蟀不停地欢唱，陶醉在这花香里。卫东端上一盘干切牛肉、一碟油炸花生米，我把塑料袋里切好的半只鹅倒在一只椭圆红花盘里。啤酒是从小餐厅拿的，是他们领导喜欢的蓝带啤酒。我们互相碰了碰，喝一口酒，就一口鹅肉，谁都没有说话。鹅似乎生来就应该做成糟货，粗纤维肉吸饱汤汁，肥美鲜香。时间仿佛又回到那个夏天，只是我不会再出什么题目为难他，好自己吃独食。

"园林路上有家餐厅想让我过去，工资待遇是这里的三倍。"

"这个事情你要自己拿主意。"我顿了一下，接着说："如果换我，我应该会过去。"

围绕这个主题，我俩居然拉拉扯扯说到了深夜。下中班的工人从澡堂出来，路过食堂，大声关照卫东："明天多烧几只鹅，我们班长调走，大家聚聚欢送他。"

卫东发亮的眼神跟随了那帮工人很久。稳定的饭碗、熟悉的环境和人，让他纠结。

点火，烫锅，刷油，卫东把冷饭放进去翻炒。炉火映红了他的脸，越发显得肥大。他没有用蛋，临出锅时，从橱柜最里面拿出一个脏兮兮的酱油瓶，勾了一小勺入饭。饭整个就变了。油亮的酱油炒饭，没有其他内容，但咸中带鲜，鲜里有甜。

我们在厂门口分手，我向东，他向西。各自骑出十几米，卫东突然回头对我嚷了一句："炒饭里放的是头抽。"当时我并不知道什么叫头抽，甚至对不上哪两个字。糊里糊涂感觉应该是好东西，就举起左手对他挥了几下。

中秋节快到的时候，苏式月饼突然销不动了，咬一口就扑簌簌往下掉馅和酥皮，甜得发腻的味道，大家有点心烦。广式月饼，那是真正的饼，皮扎实，馅紧实，走在街上，两口三口就能消灭，不留痕迹。生活节奏快起来，街巷破墙开店，外地口音潮水般灌入我耳朵。我正在与刚开出一家理发店的东北人核对电量，眼一瞥，大大的"糟鹅"牌子竖在对面一家新开饭店门前。

卫东穿了白色厨师服，戴了高帽子，在大大的玻璃橱窗里切糟鹅。走过的人放慢脚步，忙着打听长长的队伍是怎么回事。黑瘦饭店老板叼根香烟，不厌其烦地说着食堂秘方飞进寻常百姓家的故事。我觉得他说得有点像以前专供部队的午餐肉和压缩饼干，吃了糟鹅似乎就能进到火热车间现场。我对玻璃房里的卫东招招手，他没有看见。他拎起一块手巾，擦了一下汗，继续切。擦汗、切鹅、擦汗……这样的镜头竟然莫名在任何场合都在我眼前闪现，我几乎怀疑自己眼睛病了。真想抱着卫东哭一场，我们两个机械劳作的囚徒。

但是，这样的想法两周后就没了。那天晚上电视里出现一条社会新闻，国庆节市场供应丰富又充足，特色美食品种繁多，园林路上一家饭店推出时令佳品"糟鹅"，老吃客天天排队抢购。卫东肥胖身体占据画面一大半，背后不时闪现黑瘦老板身影。卫东说的那些话，甚至电视台的采访，充满了油腻铜钱味。这个软广告带来巨大现实效果。一时间，市民以餐桌上一份糟鹅待客来撑面子；一些单位印发敲着饭店和老板名字的"糟鹅票"；一些饭店悄悄试制糟鹅并借用卫东电视采访的话作幌子，亮出四个字："家传秘方"。

其实卫东说家传秘方时，我觉得他有大漏洞。当时，他习惯地用毛巾擦了额角的汗。"我用的配方，是祖上传下来的。十几年前……"他顿了顿，"我尝试用清口的香糟做菜。"在记者追问下，他又挤牙膏般说：

"继承和改良都有吧。"

"是的，我用了特殊配料和方法。哦，配方保密。"

"家常菜烧得好更难。"

这个漏洞在于人们几乎瞬间明白他完全没有根基，都靠自己摸索出来。糟鹅并不难做，效仿的人大胆尝试，毫无禁忌地打出自己的"家传秘方"。只有我深切体验过卫东的"草创作品"，一茶缸糟大肠。

每次经过园林路，我都会缓慢经过那家小饭店。随着气温降低，排队的人越来越少。第一个寒流袭来后，橱窗里一个个不锈钢盘里装满一爿一爿的糟鹅。戴高帽子的卫东傻傻地坐在墙角，毛巾从左手换到右手。老板走进来对卫东说了几句，胖子想要争辩几句，被瘦子坚决打压下去。一块牌子被竖在饭店门口：

"糟鹅特价供应。五折！"五折用红墨汁写，一时蘸得太多，各个笔画都往下滴，红色的泪。

坐在公园长凳上，我拍拍卫东肩膀："哪能真像贾宝玉那样下雪天嚷嚷着吃糟货呢？反正天冷我是吃不下。"公园的颜色正在发生变化，放眼看去，绿的、黄的、红的，拉伸了树木间的距离。

卫东开始怀想厂里的日子，说了好长一段厂里的好，感觉就像一群热带鱼中的一条，混在里面，随波逐流，轻松自在。我有点后悔当初支持他投靠社会饭店，但是，卫东话锋一转，让我有点吃惊。

"厂里即使再好，我也不会回去。"他摸摸我放在凳子上的电筒和抄表卡，"这是最大的束缚，你现在主要精力都在这上面。"我低头看看这两样东西，隐隐感觉内心刺痛。

"我不会停留在一样菜品上。味道对我来说，就是方向。"

我喜欢吃卫东做的菜，现在，竟然又喜欢上他的腔调。电视采访镜头又浮现在我眼前，这次，却激发出我另外想法。

"上次仅一个电视新闻，全市老百姓就知道了糟鹅和你。要是把你的特色菜和电视传播相结合，你就可以自己做老板了。"

卫东听后并没有什么反应，可能当时还在思考饭碗的事情。等他静下来，认真对待媒体时，已经是一家前卫餐厅厨师长了。厨师长给这个餐厅带去了两道菜：八宝鲫鱼和五件子。电视广告轮番出现这两样菜，卫东操作的片段也播出，现场感十足。老百姓又是一窝蜂，跑去餐厅，就点这两样菜，配个把素菜，有时素菜都不要，吃不了还打包回去。

热播电视剧、精彩体育比赛间隙，这个餐厅的广告如期跟大家见面。地方台直接将中央台和省台广告替换，卫东胖胖的形象坚持不懈地在大众视野出现，渐渐成为知名人士。父母以卫东为例，教育我个人努力很重要。难道你想一辈子抄电表吗？我当然不想，但是，我不会做菜，似乎也不会做生意。

服务员问了我三次，我嗓子不由得大了起来，"你怕我付不起钱吗？"

餐厅老板赶过来，看看我点的菜，挥挥手让服务员去安排。"对不起，她是提醒您，点菜的量大了点，没别的意思。我们这就安排。"

砂锅端上来的时候，我才知道他们真的是好意。特大号砂锅里躺着一只整鸭、一只整鸡、一个蹄髈、一大块火腿以及若干个鸽蛋。虽说这是苏帮名菜，但是从我记事起，从未有过这样丰富的大砂锅。正在我对五件子发呆时，八宝鲫鱼上来了。鲫鱼是普通家庭鲜味的代名词。评话《七侠五义》里，白玉堂最喜欢吃的就是葱烤鲫鱼，肚档、脊背、头和尾，他都各有吃法。我不怕刺，喜欢吃脊背，紧致鲜美。然而八宝鲫鱼却不是一般做法。特大号鱼盘里的野生鲫鱼肥硕宽大，高高隆起的肚子里名堂不少，用糯米紧紧裹住的，我能分辨出虾仁、冬笋、鸡头米、香菇、鸡肉、豌豆等。八样宝贝都是提鲜吊味的食材，我对着它们却毫无食欲，只是一杯接一杯喝着黄酒。

卫东坐到我对面时，五件子上已经覆盖了一层厚厚油脂，它将冷空气与汤水隔离，砂锅摸上去仍然微微发烫。而八宝鲫鱼完全冷却，凸出死鱼眼瞪着我。与卫东看我的眼神相似。

这两个著名的苏帮菜，我都没有好好品尝。卫东只顾对我说菜如何选料、加工、烹饪，却不注意我有多么不自在。他夹给我的鸡、鸭、鱼等，我都没有理会。我观察到的是他在店里的地位，一群厨师和服务员围着他，从他口中吐出的经验和技术，他们都认真记录，不住点头。他俨然是这里的权威。对我来说，这是一次完全失败的造访，本以为大方点菜、潇洒买单即使不给卫东以冲击，也是对自己安慰。但是，从点菜开始就失败，最终卫东阻止了我付钱，我居然丢盔卸甲、跌跌撞撞地走出了餐厅。太阳正照到我眼睛上，迷糊中我似乎听到卫东说了一句："下次一定提前告诉我，我烧更好的给你吃。"

在这个时间节点上，卫东是成功者。我拿起抄表卡和手电筒，迷迷糊糊地笑着对自己说，"这是暂时的，一切都是过程。"

话虽如此，但是我总感觉自己与卫东正在拉大差距。所以餐厅老板因欠下赌债潜逃，餐厅被查封的消息传来，我第一个感觉，竟是轻松。这真让我惭愧。为了弥补我的低俗，我放下一切，寻找卫东。

在贴了封条的餐厅门口，一群服务员和厨师守在那里讨要工资。他们把卫东看作与老板一样的角色，大力声讨，什么"厨霸""死胖子"等等脱口而出，"如果让我们遇见他，非把他揍成猪八戒不可"。

摸索到老房子二楼，老夫妻正在捆扎旧货。我问卫东在哪里，他们一个说出门了，一个说里面躺着呢。我沿着窄道搜索半天，连厕所都打开，还是没找到。下到一楼半转角处，卫东父亲说了一句，被我听到。"哎呀，走吧走吧，走了好啊。"我放慢脚步，哑巴其中滋味，没有结果。

寻到卫东老厂，电工们都在谈论此事。"这小子看上去憨，其实精得很。老板逃跑，他不跑，岂不是所有事情都要他来扛？""有手艺，到哪里都有饭吃。""这种事，在香港多了去。改天杀个回马枪，保你们目瞪口呆。"

我一直期待这个回马枪。可是，并没有到来，卫东就此消失。开头一年多，我抄表到老房子，总上去打个招呼，后来也就不去了。因为，老夫妻突然搬走了。

邻居看我是工作人员才告诉我，"他们卖光了所有东西，看来不像会回来的样子。"连老人都走了，"走了好"又在我耳边回响。

后来，餐厅被一家电器商城覆盖；老旧楼房被列为危房拆掉了；卫东的老厂改制后，原来的厂长，现在的老板，把厂关掉，把土地卖掉。而我，也终于在多次刷新脑袋里的城市地理概念后，不再抄表。

我一直是个后知后觉的人。直到多年后，一次晚饭后的独自散步，我猛然感觉到，卫东可能并没有离开。他制造了一些假象，然后换一种方式生活。我按他以前的生活规律去寻找，就像在水层里找油，或者油层里找水，跑错了层面。

我开始关注这个城市的餐饮业动向，似乎有了新发现。城市每个角落都有美味新创意，每个创意背后似乎都隐约有个胖子的身影。我认真地像履行职责一样去品尝，但结果都粉碎了幻想。

终于有一天，我一刀插进了想要得到的刀鞘。立夏那天，一家老牌卤菜店突然挂出"糟鹅"大牌子，这个红底金字招牌不仅竖在店门口，还不停地在电视里飘来飘去。结果，这个店整天都在排队。插队、吵架，甚至打架，派出所来人也没用。挤出人群的人就像捧着鸦片，就差眼泪鼻涕纵横了。

我隔着一条街默默地观察。情景重演，只是往日小店换成百年老店。广告里一句话，也露了马脚："家传秘方，传承创新。"哪来秘方？都是创新。店里斩鹅、称重、收钱一条龙服务，我看得有点心酸。特别是当我那天早上排到队伍里，一步步接近窗口时，我的眼泪被浓郁的糟香味熏了出来。但是，我告诫自己要克制，味蕾才是辨别的最重要标准。

"糟鹅是你们店自己做的？"

"废话。"

"以前怎么没有呢？"

"二十三块三。下一个。重新开发出来的呗。"

"哪位师傅研发的？"

"当然是我们经理啦。"

很长一段时间，经理的形象一直盘绕在脑子里。据说这是一位女经理，这就更丰富了我孤独夜晚的梦，并设想了多种多套与她见面的场合、对话和互动。固执的我，一直在美妙场景徜徉，待在里面几乎出不来。

我写了一封投诉信，把记忆中的糟鹅味道原原本本写出来，而现在买到的糟鹅根本不是记忆中的味道。我把糟货的特点概括了几点，严厉抨击卤菜店味道任何点都没有达到。为防止达不到效果，最后我写了句："信一式两份，另一份将寄往报社。"

我坐到经理对面时，才发现她已年过半百，但是保养很好，适度丰腴，细声细语。一开口，我就被绕进她的主观世界里。她不停地说自己的熟菜店怎么与其他店不同，选料、加工、秘方，这里面有一种精神，叫……

"请等等！"我说，"您看上去真年轻。"

经理圆圆的脸霎时粉了起来。她拉出去的话，一下子收了回来。"哪能啊，老太婆了。"不管怎样，面对二十出头的高大小伙子，她语气缓和温柔起来，职业套话消失了。

"您的糟鹅做得真好。"

她眉头皱起来，掩盖住惊讶。

"这味道让我回到童年，想起最初的美食。"

"投诉信是你写的吧？"

"是的。这是要引起您的注意，我有事要见您。"

经理脸色绯红。她小心地、不自然地问："你费了这么多心思找到我，什么原因呢？"

她一口咬定秘方是整理明清苏式食谱时发现的。我估计她的确在做这个事情，能把食谱名称、编撰作者和年代说得清楚干净，但是我坚信糟鹅与此无关。

"糟鹅只与一个人有关。"

"谁？"

"一个胖子。"

"唉……"

循着经理的线索，我在一周时间里，又找到了售卖八宝鲫鱼、八宝鸭、五件子、八件子等特色菜馆。

"都是一笔头生意。"那些老板对招牌菜十分认可，遗憾的就是这一点。

"人家卖了商品还有售后服务，他们就卖方子，教会了就再不理。"

"现在？找都找不到喽。"

"一招鲜烹饪工作室？或许改名了吧？目前全市登记的培训机构、公司等都查不到。"工商局窗口的小姑娘对熟人介绍来的，总是很细心客气。

我说声谢谢，走出工商局。盛夏烈日将香樟树叶烤焦，我闻到了树木和我共同发出的烟火气。卫东也在这个城市的某个角落呼吸，他足不出户却将自己的想法和对美食的追求传递给大家。只有有心人才能理解他。或许他只是将机会留给能够理解他的人吧。

那么，不再抄表的我，他是否已经考察过了呢？

吴城往事

聪明药

我坐在教室里,静静等待冷空气来袭,身上裹着厚厚毛衣,临出门还被妈妈套上一条围巾。身上出汗了,外面没有一丝风,西北风来临前显出肃杀。教室门开半扇,班主任费老师礼貌地打断了数学老师讲课,拉进一个男孩,矮胖、圆脸、大眼睛。费老师把他安排到我前面座位,随后退了出去。余下的数学课,男孩一动不动。他穿的是棉衣。我在不停出汗。

20 世纪 70 年代末,一些工程在城市地下秘密进行。工程要挖土、运输、建造,都需要人干。渐渐地,二舅知道了挖防空洞的秘密,天天回到老宅吹得天花乱坠。

"简单得很,就是将红旗路下挖空。"二舅消息似乎来得"正路",说话硬邦邦的。他连尺寸都知道,"要挖到地下五十米呢,导弹在地面炸,我们躲在防空洞里下棋、打牌,你们小孩正常上课。渴了,自来水龙头一开;饿了,一箱一箱的午餐肉、压缩饼干,随你挑。"不久,我就吃到了这两样食品,眼前闪现的就是在防空洞里躲敌人导弹的场景。

午餐肉、压缩饼干都是坐在我前面的男孩给的。一下课,我们就把新同学团团围住,男孩一开口,我就知道他是一个不寻常的同学。

"你从哪里转学来的啊?"

"很……很远的地……方。"

大家一看这情形,兴趣上来了,更是问这问那,刨根问底。他姓姜,随着父母亲建设"国防工程"来到古城,"很远的地方"叫九江,他在那里连续念了三年五年级,其实比我们大三岁,因为矮胖,看起来年纪比我们还小。

"哇,你大我们这么多,又长得像矮冬瓜,真是个姜块啊!"大平直截了当,一下子把绰号都取好了。那时,大平已经开始发育了,比我们都高出一个头,声音也变得像数学老师般粗壮沙哑,他成为我们一帮伙伴的"领军人物",靠的是雄壮的身体基础。

那天下午,西北风开始扫荡江南大地,教室的北窗微微震荡。费老师把我找去,要我多帮助姜块,她用了"各方面都要帮助"这句话。我愉快地答应了,得到班主任信任,心里甜滋滋的,并不懂得话里的分量。费老师眼里的忧虑,以后我才回忆起来。

姜块家安在与老街并行的银雀河沿,新建的单元平房。老街上的房子,不管老或新,每家甚至每间都不一样。而姜块家是模块似的,一进门,就是一整片光洁平整的水门汀,我最厌恶的就是老宅客堂里不断出现的"扦脚泥"。姜块居然单独一个房间，一张窄木板床，一只写字台和一个五斗橱。我与姜块并排横躺在他的床上，望着白色平屋顶和细长的日光灯管，我心酸起来。老宅的一切都是黑灰、幽暗。姜块在旁边笑出声来。他总是在笑，刚开始我总以为是别有用心，事实证明，我错了。姜块的笑，永远发自内心。

放学出校门，一切都要听大平安排。姜块紧跟着我，大平不带他，我替他求情，大平勉强答应。那天傍晚，我们一帮人朝附近的中学进发。大平家靠在中学旁，里面有什么风吹草动，逃不过住五楼的他的眼睛。"中学里挖开了一个大口子，可能是防空洞！"大平传播的消息很具权威。我们急吼吼冲进大平家院子，准备翻墙进入中学。突然，大平一声断喝：

"大家都站住！院子是我的，要从这里翻进去，你们都要吃我一记'生活'！"

我们只好转过身，献出后背，被大平在第三节脊椎上狠狠砸一拳，又酸又痛，眼泪直冒。姜块也学我，背对大平。年轻领袖脸上掠过一丝冷笑：

"姜块是新同学，他就免了吧！"就在我们诧异的时候，他又开了口："但是，姜块不能正面跳进学校去，他得……背对学校跳进去！"

近两米高的围墙，我跳过几次，每次手脚都要受点小伤。现在要姜块倒跳下去，大家都认为大平疯了。但是，更疯的是姜块。他笑嘻嘻地说："没……没关系，我跳……就跳！"

我一把拉住他，想送他回家，他不睬我，手脚并用尽量快地爬上围墙。在众人的眼里，一张笑脸最后消失在墙后。我们一哄而上，爬上墙头，姜块早已经站着挥手等我们了。姜块居然没事！我们都开心起来，大平没有笑，只说了快点下去、快点下去。

中学也放了学，冬日太阳仅剩下余晖，冷风中的校园草木有点荒凉。大平带着我们在树丛、草堆里曲折前行，校长、老师都不怕的他，就对中学看门的"癞痢头"发怵。当我们站到工地边上，地下十多米处的防空洞正朝天张开口，吞食着由岸上输送下来的一条条电缆。刚刚放空的大大的电缆盘，成为我们的游乐场。

"姜块！你坐上去！"大平又发号施令。电缆盘一半在岸上，一半荡空。用力一推，从安全到惊险再安全到再惊险。电缆盘一圈圈转，姜块一个人蹲在上面，双手紧紧抓住角铁，脸色发白，话说不全："下……下……下……来！"大平怎么肯放过，发动大家将大盘转得飞快。我在旁边干着急，姜块求救的眼光射向我，突然，我大叫一声："等等！让我也上去玩！"

大家困惑地看看我，再看看大平。"让他上去！"大平嘴角又出现诡谲的笑。我坐上去后，电缆盘平衡了，但负重增加了，我和姜块对望着，战斗中产生的友情，此时我体会到了。从踏实到悬空只有几秒钟；从悬空回到踏实，也不过几秒钟。我从紧闭的双眼偷偷睁开看姜块，他居然恢复正常，享受起转动的快乐。

"再快点……快点！比少年……年宫的好……好玩。"咧嘴笑的姜块使伙伴们兴致全无，盘子终于没人用力推了，慢慢停下来。我和姜块刚刚跨下电缆盘，那边传来大平惊恐的叫声："不好！'癞痢头'来了，大家快跑啊！"

刚下电缆盘的我俩，手脚发麻，走路都成问题。姜块也就在这个时间倒下的。我的第一个反应就是他转晕了。"癞痢头"手提短跑接力棒赶过来时，气势汹汹，大声喝骂。看到姜块倒在地上，吓得不轻,站在边上不知所措地来回搔他的头,一个劲地问我:"他怎么了?怎么回事啊?"

我把姜块的头枕在自己左胳膊弯,不停地摇晃他,那张胖脸在残阳下,蜡黄,嘴唇却显出怪异的白。我还惊奇地发现,整个脸的上半部布满了雀斑,密密麻麻,以至于从稍远处只看得见浅红一片。他的眼睛只剩眼白,眼黑往脑袋上去了,外婆曾经说过这是晕厥的表现。突然,他嘴角开始流出不明浓稠液体,手脚也有节奏地抽动起来。

悄悄围拢过来的伙伴们,已经不把"癞痢头"当回事了,焦急地俯身看姜块。大平此时表现出领导者的真知灼见:"哎呀,会不会是发羊角风啊?"

"对啊!我看也像在发病。你们赶快把他送医院!记住,千万不能让他把舌头吞进去啊!"此时,"癞痢头"才做出反应,就急于赶我们离开校区。

大平连忙背起姜块,姜块的头耷拉在大平肩头。跑起来,姜块嘴里的液体流得大平整个肩膀都是。我们第一次从正门出学校,"癞痢头"为我们拉开边门。跨出去的一刹那,我扫了一眼姜块,他的眼睛似乎睁了一下。前脚踏出校门,后脚"哐"的一声,边门锁上。

我是从姜块伏在大平身上的节奏上看出破绽的。大平跑步一颠,姜块在他身上不是夸张地抖一下,就是舒服地颠两下。我紧跑几步,观察他的脸,居然一丝微笑挂在他嘴边,双眼闭拢享受奔跑的起伏。医院越来越近,我想了想,决定不告诉大平他们真相。我快步拦在他们前面。

"医院不能去!医生问起来谁把他搞成这样,你们哪个站得出来？"这也是"癞痢头"害怕的原因，我一说出来，就吓倒大平。"那你看怎么办？我可什么都没做！"大平一边说，一边将姜块悄悄从肩上卸下来。

我继续吓大平："我二舅跟医院里的人熟悉，找他帮忙吧。不认识人，治病都难。""那再好不过了，快去找你二舅吧，这样既救了姜块，也有人出来说明情况。全靠你了啊！"大平说完，带着其他伙伴直往小巷深处奔去。

看他们走远，我蹲下身来回轻轻拍打姜块耳光。"人都走了，不要装了！"立刻，熟悉的笑声直冲我耳朵。"我厉……厉害吧！不是我……我灵……灵机一动，大家都……都被'癞痢……痢头'抓住了啊！"

"你装病的本事的确厉害，但是被大平知道你骗他，往后你哭的时候多了。"看到姜块脸上晴转多云，我连忙岔开话题，"这么高级的念头，你怎么转得出的呢？"

"因为我……我聪……明啊！"姜块瞪大眼睛的样子很天真纯洁。我笑出声来了："连续读了三年五年级，你还好意思说自己聪明？"姜块的眼睛一点也没有变小，一字一顿认真地说："我、吃、聪、明、药、的！"

姜块说自己吃聪明药的事情，我从没有对任何人说起。可是过了一阵子，这消息就传得满学校师生知道了。事实很有可能是这样的：我当时听他一说聪明药，就想看什么样子，心里同时在打鼓，如果能够偷吃上一颗，自己错别字、计算错误就会少点，成绩直线上升。可能自己表现急了点，姜块断然拒绝我的要求，好像我刚刚帮他的一切全没发生。姜块一点情面不给，让我很窝囊。威胁、激将、妥协、戴高帽子等等手法用尽，他也不松口。姜块尝到了战胜别人的甜头,开始四处"扩大"他的影响。于是,大家都知道我们班出了个吃"聪明药"的矮胖子。

有一阶段,大家都会对姜块指指点点:"看,他那张聪明脸就是吃出来的。"姜块不懂话背后的含义。本地俗语叫聪明面孔笨肚肠,说的就是"绣花枕头一包草"。可是,姜块的运气实在好,绣花枕头也派上了用场。

姜块有个习惯性动作,喜欢用手撑着下巴,头高高仰起,有时手指缝里还夹着一支铅笔,只不过目光不是向着老师,而是窗外高大香樟树上的小鸟。报社一位记者采访校长结束,沿着走廊往教室里无意一瞥,看到一张胖脸、一双大眼睛、一支思考的铅笔,咔嚓一声,所有积极的想象都结合在一起,他给那张新闻照片取了个名字:"勤学善思。"

"姜块上报纸了,他的照片和校长的一起登出来了!"顿时,班级里炸开了锅。大平第一个跳出来:"这样的话,好像我们都应该向他学习似的。其实他思考个鬼呢,他在看小……鸟呢。"大平故意在小鸟上做了一点文章,得意地看着女同学低下头偷偷乐。

费老师进来宣布,班长因病住院,本学期可能要休学。代理班长人选倒不急,急的是每天早上领操喊口令的人。"让姜块领操吧,人家报纸都上了,再一喊口令,我们班也跟着光荣呢。"大平一提议,大家都随声附和。此时,姜块正好走进教室,费老师想了一下,顺从民意,当场把这个任务交给了他。姜块"哦"了一声,双手不停地来回搓,在同学们的哄笑中,愣愣地坐到位置上,想用手撑下巴,心里一动,撤回了手,脸上也不见了笑容。

姜块的失败,最终还是紧张。大平用五颗全新玻璃弹子赌他喊口令肯定结巴,这样的现象并没有发生。相反,姜块像换了个人,声音洪亮，口齿清晰。我们呆呆地望着他，体操开始的几个动作都没有来得及跟上做。新校区正在建设中，临时借给学校的房子，是区里的粮食仓库。我们做操的场地有的在院子里，有的在小礼堂里，有的在走廊里。各班班长口令声此起彼伏，竞争激烈。姜块毕竟没有经历大场面。熬过开头，正要进入轨道，专注过度，出了洋相。当他高声喊道"八二三四，五六七八，九、十、十一……"时，全班同学先是一愣，动作停了下来，随后集体爆发出哄笑，我也笑了，笑的过程中，我们都得到安慰，有些东西释放掉了。姜块黯然走回队伍，与我并排站到同一条线上。大平雄浑的声音在大厅原木柱子间回响，似乎比其他班的口令来得更激越、振奋。此时，院子的上空，稀稀落落飘下来冰冷细雨滴。江南最冷的天，到来了。

冬雨一下，不少同学都缩在教室里不出来。我们怎么坐得住？围着小礼堂原木柱子打闹总比待在教室里强多了。那天傍晚放学，还没有走出学校，大平一个呼哨，就把我们聚拢。

"我们分队厮杀，怎么样？"大平说的是"斗鸡"，分两队斗，就是肉搏战了。大平和我各占一方，开始点兵点将。大平点一个，我点一个，最后，大平点完，我缺一个。游戏归游戏，公平最要紧，我方提出抗议。大平得意地拿腔拿调："堂塔走了，高昌也走了，你给我找啊，你倒是找呀！"

突然，我眼睛扫到一个角落里的人影，他拢袖低头蹲在阶沿上，默默看雨滴从撩檐掉落青石板上，摔个粉碎。我有点犹豫，自从前几天出了洋相，姜块没有跟我们说过一句话。大平此时也瞄到了姜块。他大喝一声："快过来一起玩啊！矮姜块。"不知是大平有号召力，还是姜块本来就想借机打破僵局，居然一路小跑过来了。

姜块自然加入我这一队，比赛随即开始。刚开始，竞赛相对公平，两队人数相等，基本上一对一。脑海里反复出现夏伯阳在俄罗斯原野上骑马奔驰的形象，我用左脚撑地，右脚踝由左手紧紧把牢，曲起的右膝像只好斗的公鸡，勇猛地向"敌人"冲击。右手当然也不能闲着，不是挥手排兵布阵，就是拉一把我方队友、推一把大平的"兵"。我有个窍门，不与他们硬碰硬，专攻手、脚联络处，我们的规矩是：手和脚一分开，就输。其实战前我都关照好大家先要躲开高头大马的大平，这是一个策略，先歼灭外围"敌人"，再集中力量啃大平这"硬骨头"。

姜块是后来的没有听到，还是故意去挑战大平的，已无从得知。我在忙乱的战局中，扫视了一遍战场，就发现姜块一开始就跟大平飙上了。大平显然不屑同矮他一个头、气喘吁吁的姜块分高下，招架几下，就想去找强劲对手。可是姜块像牛皮糖，一直贴着他。好吧，我先解决了你再说。大平估计不到一分钟就解决的战斗，哪知道变成了"上甘岭"。

其他人的战斗不一会儿就结束了。大家拥到他俩跟前，大平的骂声已经没力了，姜块躬身钻到大平怀里。大平被顶到墙角，细细的雪粒夹杂雨滴从窗户里缓缓飘进来，落在大平的黑棉袄上，亮了一下，随后消失。两人还保持"斗鸡"姿势，表明他们之间还在战斗。大平口中的"赖皮""混蛋""犯规胚"等，反而增强了我对九江孩子的敬重。大平的右膝，仍在机械地攻击姜块的腰部，而姜块却只知道将全部力量、全身重量集中到膝盖，牢牢抵住大平的腹部。

天变得更加阴暗，老师和同学们都走得差不多了，再过一会儿，麻子大爷就要关大门了。古老的宅地阴森起来，堆在小礼堂四周的东西融到黑暗里，辨不出样子，可怕的想象在我的脑子里钻进钻出。终于，大平长叫了一声："我不行了！"放下了右脚。姜块赢了！我们队胜利了！我和几个弟兄一哄而上，把姜块团团围住，抱他、拍他、搂他。姜块脸上露出了熟悉的笑容，纯真得有点傻。大平在边上揉肚子摇头："神经病，以后再不跟你玩了。"

一个人带伞的，冲出校门，享受冰冷的雨夹雪打在自己裸露肌肤上的清凉。刚才那段时间，太长太闷了。走在逼仄的小巷里，踩着一个个小水塘，幸福就是这样跳跃着。我们忙不迭地问姜块刚才的战斗细节。"你是怎么逼他到墙角的？""这小子这么高，你怎么使他动弹不得？""你的头还好吧？"

一连串的问题，姜块来不及回答。我认为他是很想回答的，而且准备很详细地回答的。太多的感想一下子涌上心头，他只是"噢！噢！呵呵！"我是第一个发现姜块有问题的，他"噢"的声音越来越低，脸色由兴奋的红润转向莫名的苍白。

"你怎么了啊？"我连忙大声喊道。大平此时撑伞从我们身边走过，"是不是又在装模作样了啊？"我急忙抬起头："你看这样子能是装出来的吗？"这句话刚出口，姜块就软软地倒在我怀里。我双手插在他的胳肢窝里往上拉他，他的手无力地举了起来，我拉不住他，知道这回来真的了。

"赶紧来帮忙，快送医院。"我对大平喊道。大平冷冷地说："我可不敢背他，又要被他吐得一身。"我忍不住大吼起来："那次是他装的，这次是真的啦！"大平一怔，连忙扔掉油布伞，伞在地上蹦了两下，滚到阴沟边。仍然是大平背起姜块，我们在后面托着，一路喊着："让开！让开！"快速往老街上的联合诊所奔去。

路上，雨打在我脸上，我清醒许多，边跑边向两个伙伴安排了事情，让他们分别找到费老师和姜块的父母，赶快到医院来。

吴城往事

正是下班时候，老街上的人都停下自行车，愣愣地看我们几个奔跑在马路中间。为数不多的几辆汽车看到这情形，居然也让出道路来。法国梧桐只剩下最后的几片枯黄叶子挂在枝杈上，让我想到老去、死去这些词汇。我知道很不吉利，但是心里不断浮上来这些念头。

事实上，姜块的确病得很重。套用电影里医生的那句老话："幸亏你们早送来几分钟，不然，后果不堪设想！"如果发病的起因是与大平的"战斗"，那么，大平是听到这句话之后最感欣慰的。

费老师是把儿子"寄放"在二舅水果店后赶来的，她胖胖的脸上都是水，细小的眼睛紧张到只有一条缝隙。直到听到医生的官方发布语后，她才松弛下来。用手拢了拢湿头发，她眉毛一皱，就开始训我："叫你帮助他，照顾他，你倒好，照顾成这样！"

"我们又不知道他心脏有问题呢。"我两只手插在裤兜里，低头嗫嚅着。费老师不再说什么，让我们早点回去，她在医院里等姜块的父母来。我刚走出医院，又被她叫回，说她儿子在我二舅店里，拜托他送回家。路灯已经亮起，她轻轻拖了一句话："今天我回去要晚的。"我看着她急匆匆进去的背影，想到"母亲"这个词。她胖得与那个年代不协调，她短促有力的脚步声回荡在水磨石子的急诊大厅，传来这样的信息：安全温暖。

病床上的姜块，穿着蓝白条病员服，圆圆脑袋沉在大枕头里。看见我们进来，连忙爬起来，挂盐水瓶的木架子跟着晃动。坐在床边的他妈妈，轻声说了句："不要急，慢慢来。"他用手扶住架子，招呼我们进来。代理班长选出来了，是位女同学，她走到床前，彬彬有礼地对姜块妈妈说了一些客套话，随后问姜块有什么要帮助的。我们要来探望姜块的消息，被费老师知道了，关照代理班长等三个女同学带队来看姜块,并且指导她们怎么讲话,特地命令我们不许多说话。

姜块这个没出息的,只是粗粗地给她妈妈介绍了下同学,便在女同学的柔声细语之下,立马忘记我们这帮好弟兄。他让妈妈给披上棉衣,坐起来,一字一句跟着代理班长学习新课文《邱少云》。我清楚地记得,那是一个雪后的晴日,阳光从南窗射进来,姜块床上的被单白得耀眼。"敌人占领了我军的三九一高地,为了夺回这块阵地,我军决定在黄昏的时候,发动突然攻击……"姜块在代理班长的领读下,居然口齿清晰,朗读流利。每一个人都在笑,声、光、影重叠起来,我怀疑它的真实性。

我悄悄地退出病房,粉蓝的半墙、红色的勾框线,一只只白色痰盂,走廊里吹过一阵寒风。有人叫我名字,我回过头去,原来是姜块的妈妈。"一直听小军说起你的名字,你们是好朋友。"

小军是姜块的名,我们从没有用过。"是的,我们是好朋友。可是我没有照顾好他。"我的话发自内心。

"你是个好孩子,阿姨还想请你帮个忙。"说这话的时候,姜块妈妈俯下身子,说话声音轻了。"你知道小军一直在吃'聪明药'吗?"

"是啊,他第一个告诉我的,当时我就想看看药的样子,但是他就是不肯。"

"阿姨告诉你,这世界上根本就没有什么'聪明药',我们也是实在没有办法才想出来的。"

代理班长、姜块朗读《邱少云》的声音,隐约传出来,偶尔也夹杂大平的咳嗽声。我静静地听完姜块妈妈的讲述,马上就想起费老师的嘱托,光荣任务一上肩,立刻觉得与其他同学有了非常大的差异。很多年后,我心血来潮回想这个任务完成时的体会。从那时起,我学会了观察别人。这句话写在记事本上,自己都吓了一跳。

姜块出院前,他妈妈来学校找我,塞给我几瓶棕黄色的玻璃药瓶,没有标签,没有说明。我端详很久,很失望。"聪明药"就这样普通。

"放心,外表与小军的一模一样。"姜块妈妈拍拍我的肩,安慰我。"你的是鱼肝油,经常吃不会有问题,对眼睛也好的。"我把药瓶装进书包,心里盘算怎么在姜块面前表现。

我最终把时机选在下午第三节课后,大家都疲乏了。姜块的圆脑袋在我眼前晃来晃去,心神不定起来。我先清了清嗓子,用姜块听得见的声调说:"咦,我的药哪里去了呢?"见姜块回过头来,我连忙在书包里夸张地乱翻,把一瓶药拿了出来,倒出一颗,仰头吞了下去。

姜块的大眼睛简直要爆出来了,说话比任何一次来得结巴:"你……你……吃的……什么……么……药?"

我保持轻松和神秘:"没什么特别的啊!"为了加强效果,我又补了一句:"你要不也来一粒啊?"姜块脸上的表情从疑惑到微笑,前后不到两分钟。我的表演其实很拙劣,双脚不停地在抖动,说话语气僵硬,原来说不熟练的台词真的很难,只是在心底有个声音在支持我:"那是一件好事,一定要坚持下去!"

不出一星期,我吃"聪明药"的新闻又在学校传开了。大平将信将疑地逼我交出药,我偷偷给他尝了一颗。隔天,数学测验,他及格了。姜块把我拉到没人的地方,"你一天……天……只吃……吃一……颗,我现在……在吃……三颗了。"他得意的脸上,露出天真。我大声地表示自己的惊诧:"是吗?这么厉害啊!"

我还是每天下午当着姜块的面吃一粒"聪明药",几次考试没出好成绩,被大平他们嘲笑了很长一段时间。倒是姜块身体恢复得不错,成绩也有提高。大家都说,"聪明药"还要看吃的对象,有些人恐怕吃了无用。

吃年夜饭的时候,二舅又发布新闻,说防空洞工程停下来了,国家对于整个世界的形势判断起了很大变化,和平发展成为主流。我最不要听的就是二舅张嘴国家,闭嘴世界,只是防空洞不造,姜块就会随着他父母回去了。

躲在弄堂里,我和大平各点起一根刚从小店里买来的散装"勇士",从裤兜里掏出一个拆散的小炮仗,点燃引线,抛到空中。"啪"的一声,融化在其他喧闹声中。大平看我不活络,便追问原因,我笑笑说没什么,买的炮仗太少了。

开学了,我前面的位置果然空了。费老师干脆利落地宣布姜块的转学,走出班级门的时候,她停住脚步,回过头来补充一句:"不过,今天他还没走。"

我和大平几个,一放学就朝姜块家奔去。我们什么东西都没准备,而姜块好像对我们的到来早有准备,他拿出午餐肉罐头、压缩饼干分给大平他们。大家其实没有什么话好讲,东问问西提提,接下来就是关照多写信联系了。

姜块把我留了下来。他父母进进出出,整理东西,遇到我的眼光,都给一个微笑。我和他又躺在小床上,只是下面的床单和棉胎已被掀走,我们的背落在结实的木板上。

雪白的墙角不知什么时候出现一张蜘蛛网,人还没有搬走,动物就闻到空置的味道,预先占领阵地。我们就这样静静地看蜘蛛网,蜘蛛懒洋洋地爬来爬去,毫无斗志。

"吃了以后,感觉怎么样啊?"姜块轻轻地慢慢地问,声音顺畅。

我警惕性很高:"药很好的,只是不大适合我吧。"我转过头:"你吃了倒是很灵光。"

姜块笑了,圆脸上的每一部分都沉浸在笑当中,我也跟着笑,只不过是应付的笑、察言观色的笑。他摊手摊脚躺成一个"大"字。

好像姜块并没有送我出来,他妈妈在家门口对我表示感谢。直到我走出小巷,正要拐进老街的时候,姜块才追上我。他以我最害怕的气喘吁吁表达他的情感:"这个……个送给……你吃吧!"他左右手各紧握一个药瓶,棕黄色的。我直到那时才看到他的"聪明药",外表与他妈妈给我的完全相同。他仍笑着,不等我做出反应,又匆忙跑回去。

许多年以后,我才对当时的行为做出忏悔。面对纯真的笑,我不懂得珍惜和欣赏。姜块真心希望我聪明起来。面对真挚的道别,我想得太多,以至于留给我姜块最后的印象,竟是一个矮胖的背影,渐渐消失在暮色中。

没有回来,没有通信,失去所有联系,姜块就这样消失了,刚开始的一段时间,大家还念叨这个吃"聪明药"的矮胖子,后来更多新鲜事情袭来,他深藏在大家记忆中,不再提起。

现在的大平比我矮一个头,他是先发育长得矮的标准案例。前几天,大平请我们几个老同学吃饭,都是四十出头的半老头子了,说着说着,就怀了旧。姜块就这样在我们脑子里跳了出来。我们开心地回忆那个有姜块在的短暂冬季,似乎他是个"引子",一下子勾起许多趣事。窗外飘起入冬以来江南第一场雨夹雪,饭店玻璃窗上蒙了一层水汽,姜块、大平、费老师、姜块妈妈当年的样子在嘈杂声中时隐时现。我觉得自己还是十岁出头，站在冰冷的医院走廊，仰视着姜块妈妈，静静地听她说这个家庭的秘密。

姜块出生不久，就被诊断出得了一种叫黏多糖病的罕见病。这病的特点是让孩子发育迟缓，同时伴随心脏病、癫痫、智力迟钝等多种病症。不间断吃药，病症才能控制好。姜块与药相伴成长，但是，久病的孩子有特殊的敏感，为背上"药罐子"绰号而痛苦。他向往正常孩子的生活，拒绝吃药。但是，正常孩子轻易拿到的好成绩，对姜块来说，高不可攀。他父母百般无奈下，想出了"聪明药"的绝招，心理诱导刺激姜块的学习成绩，药物治疗控制着他的病情。

姜块妈妈的一缕头发滑到脸上，她用右手轻轻理到耳后，我看到她的眼角，满是细细的皱纹，在大大的眼睛边上，像是金鱼的长尾巴。姜块躺在病床上玩弄棕黄色的药瓶，告诉好奇的护士这是"聪明药"，年轻的小护士笑弯了腰，直夸姜块是"冷面滑稽"的好料。姜块迷茫了，"真的"，还是"假的"？他脑子判断不过来，认真又不得要领的思考，让他妈妈心痛。她找到我，请我帮忙。姜块看到我的表演，打消了疑惑，与我竞争吃起"聪明药"。

夜色笼罩古城，路灯光柱里，白白的雪花飞舞，我们就是一片片雪花，降落过程曲折，充满变数，但是注定要落地，可怕的宿命。

也许，姜块后来经过思考，或者通过其他途径，知道了真相。也许，他真的聪明了，不再需要"聪明药"，他把以前割断，从此没有往来，这正是我希望的。

吴城往事

观前街

  玄妙观在观前街之前就有了，要么就是同步建成，这是个常识，我早就知道了。有很长一段时间，我每周乘二路公共汽车从老街到观前街往返一次。我总是早早晃进玄妙观，这样就能在中午之前静静地做完自己喜欢的事情，然后去平江路，陪奶奶吃一顿午饭。

  三清殿封闭着，里面正在整修改造。以前，学校组织参观过一次刘文彩收租院，难辨真假的水牢、阴森灯光吓得我们不轻。大平胆比我大，每次来都要贴到大殿门缝往里面张望。我也朝里面瞄过几眼，但是黑魆魆看不真切。大平吹牛说看到元始天尊了，我在一旁说："你再往边上望望，说不定看得到通天教主呢。"大平笑着从高高门槛上跳下来："算你看了几本小人书，晓得三清殿供几个人物了。"

  大殿还没有开放，前面的月台被牛角浜居委会用绳子拦起来，一块小黑板写两行字：三分钱租一本，五分钱租两本。我和大平每人出五分钱，就能够看到四本连环画，每一本都是几册合订，半天看看正好。《三国演义》《岳飞传》《封神榜》等是我最喜欢的。大平爱看《中国成语故事》《三十六计》等，我却嫌计谋太多，影响友谊。但是，我还是每次都叫上大平，沿着弯弯曲曲的弹石小路，走向二路公共汽车站。我们总会在吉利桥上停留片刻，大平探头看流速很快的河水，试图发现有多少窜条鱼逆水潜游。而我往西平视那顶廊桥，样子有点像拙政园的小飞虹，一头连着大街上的一户，另一头接着下塘的另一户。样子有点破旧，里面堆着杂物，一个拖把探出破窗，有几条布烂掉了，耷拉得很长。有个老头经常出现，手里拿着白铁皮洒水壶，往兰花、榆树桩、鹊梅等花花草草上浇水，水滴滴答答掉在河里，有时小船经过，水落在顶棚上，河道里就有了回响。

晴朗冬日，阳光布满月台。我和大平坐在小板凳上，背靠背看书，把还来不及看的两本，放在我们中间。那个时候，一个少年的手伸向那两本连环画。大平一把就把偷书贼的手擒住。

已经开始发育的大平声音既粗又尖，听上去很难受："干什么，干什么？想偷书啊？"

少年的声音比大平来得响："你们不看，让我先看看好嘞。"虽然说的是苏州话，但是我一听，就知道不是本地人。

"我们出钱租来的，要么你也出点。"大平将他一军。

谁知少年真的从口袋里挖出五分钱硬币，嘴里还嘟囔："要不是你们把《长坂坡》借掉，我也不急着看。"

我一听赵子龙，心里就有好感了。"钱我们不要，你看《长坂坡》吧，我也喜欢的。"他笑着一屁股坐到大殿门槛上，翻开连环画。他说自己叫马建国。

最让我惊讶的是，马建国就住在观前街边上的一条小巷里。那里不少人家煤炉都不用，灶头一热，小烟囱突突往天空排黑烟。后来我知道那条巷，叫清洲观前。走在弄堂里，闻着刺鼻的烟火气、油烟味，我想古城中心顾家、陆家、吴家等大户人家还是少数，更多的是平民，甚至流民。

马建国走路很快，他一快，我们就跟不上，气得大平马上将他的绰号叫出来："阿马啊！你慢点跑啊！"阿马马上回头，两只阔板门牙露出来，黄黄的，一双略带棕色的眼睛瞪圆："这还快啊？

看来让你们上战场,还不如'张军长'逃得快呢。"

阿马家其实是一个组合式大家庭,成员都是运输船上的船民。运输队向居委会租了一个大院子,大人跑船正常进行,读书的孩子留在院子里,居住时间根据当地货物需求定。阿马家所在的船队,已经在观前街附近驻扎了两年,这里货物需求量大。但是连照看那些孩子的钟老头,也不知道什么时候离开苏州。阿马一进门就熟练地劈柴烧水,饭是钟老头做好分给他们吃。阿马有个妹妹,搭个小灶,方便点。阿马妹妹眼睛也很大,很黑,看见我们进去,就进房躲了起来。大平老是往里望。

阿马点燃引纸,往灶膛里一塞,加把木屑,烟与火一下子腾了起来。他立刻趴下身子,侧脸贴近地面,一边往里吹气,一边朝里面加几根木柴。不一会儿,炉灶上的水壶盖就"得得得"直响。我们捧着搪瓷茶缸,捂热双手。阿马见识多,说起那些城市,那些江河,有声有色。我和大平只有听的份。

我向往的南京长江大桥还没有去过,这个想法被大平知道后,他没有吭声。直到有次语文课,学到"长江大桥"这课,班主任费老师豪迈地问我们,谁到过使"天堑变通途"的大桥呢?班上除了铁路职工儿子小熊,谁都没有举手。我突然就举了手。

"你们两个亲身体会到大桥的宏伟和劳动人民的伟大了吧。很好!把手放下吧。"费老师显然没有将这个调查当回事,准备接着讲课。

大平忽然站起来,指着我:"老师,他没有到过南京,也没有去过长江大桥!他前几天还跟我说想去呢。"

我十年多一点人生中,第一次感到无地自容,我想到一个词语:背叛!在大家的哄笑声中,我硬着头皮说:"下星期我就要去了。"大平放学时，主动跟我套近乎。我没有睬他。过了两天，我们又并肩走在去观前街的路上。

阿马话里夹杂的粗话，让我很过瘾。激动的时候，他的唾沫飞溅到我脸上，他将这样的动作当作亲昵举动。我与大平在二路公共汽车醋坊桥站分手，我前往平江路上的奶奶家，他独自乘车回家，或许他不乘车，走回去，但是他和我总是在那个站台说再见。过马路的时候，我听见大平的声音，赶紧回头，却只听见半句："……在观前街我们有朋友了。"大平正在挥手，频率很快。我笑着走进了肖家巷。

巷子里的建筑，我一看就知道什么类型。用白铁皮打出漏斗状罩子盖住窗口的，一定是工厂，而绝大多数厂址，原先都是有居民的。窗户很小，用塑料纸贴在玻璃上的，普通居民住着。大院子通常都是大门敞开，每一进都有几户人家。我穿过小巷时，总有一些错觉，再往里走，通向的是陌生世界。心里希望穿出弄堂，看到的不是平江路，而是从未到过的街区。那里，没有我熟悉的东西，就像刚才阿马说的那些城市与江河。我渴望逃避，至于逃到何处，我不在乎。可惜，我又准确无误地走进了奶奶家的备弄。日渐破旧的建筑、潮湿的公用水井、邻居家的饭菜香味、看我穿厅而过的眼神，我都瞄在眼里，但我一声不吭，微微低头直奔最后一进。邻居们低声议论的声音，刺向我耳膜。

奶奶保持着一家之主的威严，我觉得无趣。例行公事一般，闷声不响吃饭。窗外那棵泡桐树，已经生长五年了。吃过饭，我顺着它的节疤，爬得很高，然后坐到围墙上。隔壁人家的院子里，有一个花坛，终年种着青葱和大蒜。他们家有二楼，窗开了，女主人撑出一杆衣衫。我从墙上跳下来。每次都是这样，隔壁一有动静，我就离开泡桐树,走出奶奶家。再次承受邻居们射线般的眼光。走出阴暗备弄,穿出逼仄弄堂,临顿路上的公共汽车、自行车和人,使我变得普通,使我安心。

  回老街,有很多种选择。我喜欢由东向西穿过观前街,在察院场乘一路公交车回去。或者干脆经过察院场、怡园、乐桥、饮马桥,走回老街。我口袋里没有多少钱,观前街上也没多少东西。还是那些苏式糖果能够吸引我目光。麻酥糖、粽子糖、梅酱糖、葱管糖、寸金糖等,摆放在店门口的玻璃斜口缸里。逢年过节,外婆会每样买回一点,装在红色塑料果盘里,客人来了才一道吃。一家一家店兜过来,服务员多,生意却萧条。大大的玻璃橱窗上,贴着告示:麻酥糖二十号备用券,粽子糖三号公用券限购一斤……

  我是在地上发现阿马的。他与一个少年抱打在一起,两人互相卡着对方脖颈,倒在地上。走过的人、骑车的人,匆忙看一眼就跑开:"又是船上小孩,唉!"两人打架的地方,在我最喜欢去的广州食品商店边上。阿马的牙齿出血了,对方鼻子破了,血滴滴答答。两人还不肯放开,那种姿势,我在动物园见过,猴子死命掐对方。钟老头赶了过来,急促地对他们用方言严厉地呵斥几句话。阿马先站了起来。一抬头看到我,对钟老头说:"我先不回去,先与同学玩去了。"他向我招招手,往玄妙观里奔进去。

  阿马不是我同学,至少那会不是。然而,我紧跟着他,却很自然。我们步伐轻快。三清殿月台上还有不少人,木木地翻阅着连环画。我们跑过月台的时候,几只麻雀哄的一声,四散飞走。阿马在三清殿东侧停下来。我们一起喘气,笑着。阿马嘴唇上还有一些血丝,比起他头颈里的乌青,不算什么。我拿出蓝格子手帕让他擦一下,他推开我的手,用袖管一擦了事。一切都在修葺,三清殿的石栏杆刚围了起来。我们趴在上面,阿马的眼睛眯了起来:"这里原来有块大石碑的。"

我对此一无所知。殿角长长的撩檐上站着两只乌鸦,突然,一只叫了一声,跟着,另一只叫了两声。一瞬间,阳光好像斜了,西北风大了起来。

"一只石乌龟驮了一块大石碑,就在这里。"阿马说起来像个老苏州,看上去对这些特别有兴趣。"牛角浜晒太阳的老头们,讲来讲去都是观前街、玄妙观、接驾桥,我耳朵都生茧了。苏州是佛地,没有大的自然灾害,全靠乌龟背上的那块无字的石碑镇着。有一天,石碑毁了,苏州城就要水淹。"阿马回头看我,脸上还挂着微笑。"前些年要砸烂玄妙观的时候,有人半夜里爬起来,把乌龟和碑都埋了起来,现在又要挖出来了。"我听阿马讲典故,总是心不在焉,只是哦哦地应付着,我实在也说不清自己的关注点。阿马却是清晰明了,态度热情。

"你们其实怕水的,我才不怕水。河里的运输船,我一吊就是十公里。夏天最喜欢吊,也最容易出事情。我哥哥去年与我一起吊船往北走,其他人都吊着南来的船回码头了,哥哥却不见了。死人傍晚被找到,半个脑袋被螺旋桨打掉了。我们找去的时候,很热,岸边水鸟一个接一个跳进河里。哥哥身体上盖了一张草席,已经叮了很多苍蝇,我用手赶都赶不开。"阿马说这个事情,倒像发生在遥远地方的陌生人身上的。"我妈从此害了个毛病,不能看到船的影子,不敢听机帆船的声音,不小心撞到,头和眼就会炸开般剧痛。"一阵风吹来,不知是迷了阿马的眼,还是眼睛酸了,他重重地用左手大拇指快速按了下双眼。"苏州到处是船,我爸只好把她送回老家,那里只有山连着山。"阿马棕色的眼睛,直直地盯着本来放置无字碑的场所。说到最后脸上竟残存一丝微笑，或许怀念起故乡的大山来了，或许他母亲病情有所好转。

阿马又神气十足起来："今年夏天，我见不到水，憋坏了。暑假里，乘钟老头中午迷糊，偷着到平门、相门护城河里洗澡、吊船。"我的心，此时却静了下来，心里豁然开朗。小街巷留存的阴霾，在玄妙观渐渐消解。船上人大江大河走过，不比窝在小街巷的人。即便是赵子龙这样的英雄，如今不过折在一册薄薄的《长坂坡》里。更多的英雄，没有留下一个字。

那个冬日下午，我和阿马坐在三清殿围栏上，东扯西扯，风大了起来，夕阳躲到浓密云层里，寒气上来了。阿马突然说："今天上午看书还欠你们钱，这样吧，我请你吃碗豆腐花吧。"

豆腐花，灵岩山顶的摊头最多，登山耗费体力后喝到嘴里，最鲜美。玄妙观的豆腐花摊，在广州食品商店后面。阿马掏出一毛钱，摊主移开木桶盖，用铜勺剜出两朵豆腐花盛到红花碗。阿马每样佐料都要多。"辣油多点、榨菜丝多点、虾皮多点、酱油多点……"摊主双手忙乱中保持独特节奏，红彤彤的两碗端上来。阿马像一只开牙的蟋蟀，根本不用铁皮汤匙，伸出两只阔板大黄牙探入红花碗，轻轻一吸，白色的、红色的、黄色的，一股脑地钻进嘴里。红鼻尖上的汗出来了，浑身热了起来，我要回老街，准备乘坐二路公共汽车。阿马向我挥挥手，转身往牛角浜方向走去。

接下来一段时间，我仍然每周去一次观前街。以快速在奶奶家吃饭为中点，将一天断成两截，上午耗在玄妙观，下午缓慢地走观前街。大平每次到观前街，总要提到阿马，说得我也牵挂。我说："去阿马家看看吧。"清洲观前那个大院的门是关的，推不开，没有人应门。邻居不与船上人搭腔，问询，都直摇头。大平还在踮脚张望，我说："估计都出船去了。"

二舅发布消息时，冬天第一场雪正好落下来，枇杷树的叶子一夜间盛满了三棱型的积雪，压弯了树枝。二舅习惯地竖起两根指头，"每一边都有二三十个人呢，劈柴刀、菜刀、钉镐、斧头，全都上阵。街头混混只有花拳绣腿，根本不是船上人对手，连十二三岁的屁孩都打不过。"我立刻想到阿马，还有他哥哥白花花的脑浆。大平知道观前地区发生械斗，拼命往我身上扔雪球。我已经穿棉袄了，外面罩了一件褪色的军装，父亲留给我的。

大平喘着粗气，和我并排坐到老街街沿上。"如果我参加那次群架，肯定搞个六缸水浒。""你站在哪边？""当然是城里人一边。""要是阿马也参加打架呢？"大平沉吟了半天："还是帮城里人。"其实，我已经将阿马排进打架人群里，试探的结果，是不让大平、阿马今后多碰头。

我的愿望，随着阿马和几个船上孩子转来我们学校，基本破灭。大平与阿马最终成为"对头"，这同我雪天提问、暗示有点关系。发生船民与当地混混斗殴事件后，公安局找到船老大，不让船上人随便上岸。住在清洲观前的船民子弟搬到老街附近的仓米巷，阿马兄妹等转学到我们学校。阿马年纪比我大一岁，进我们学校却只能在低我一级的班级读书。

我与大平，无聊地趴在走廊栏杆上，伸出手撩拨刚刚发出新芽的柳条，一股新鲜的青紫气，初春的青涩。大平眼尖："这不是阿马吗？"校长背着手一言不发走在最前面。后面紧跟着一个黑大汉，头是低着的，双手刚插进裤兜，却触电般抽出来，随后一直荡在胸前。隔着一段距离，七八个孩子懒懒地晃着。阿马掉在最后一个，像刚跑完马拉松的人，没有一点劲道。

吴城往事

"阿马,你怎么到这里来了?"大平独特嗓音制住课间休息的喧闹,大家愣了一下,校长也猛地站住,直往三楼张望。我静静地看阿马,他抬头朝我笑,露出两只阔板牙。走进教学楼的一瞬间,我从上往下看见他的书包,搭扣松着,干瘪地皱着。

那天一放学,我和大平就在学校门口等阿马。阿马看见我们,就让同班的妹妹先回仓米巷。大平主动向大眼睛妹妹打招呼,她却一低头,侧身绕过我们,快步走了。我带阿马走上吉利桥,指着发出哗哗声的水流,对阿马说:"这水也是通运河的。"

阿马似乎没有听我讲话,却对廊桥产生了浓厚兴趣:"你们真是想得出,宁愿在河上搭座桥,也不愿多跑路。我也要去走一下有顶的桥!"

我和大平马上制止他:"大街上的和小巷里的是一户人家,这桥是别人家里的,不让你走的。"

阿马先探头往河道张望,再看了一下我们:"你们等着,我保证从大街的门进去,再从小巷的门出来。"

我和大平站在吉利桥上,微笑地等待着碰壁的阿马从大街上转回来。可是,不到五分钟,阿马就出现在廊桥上,不止他一个,身后还有那个浇花的老头和一个老太。听不见声音,只看见阿马在廊桥上,一会儿指指上面,一会儿探出身瞧瞧河水。老头老太也跟着抬头、探身,可他们看不见的是,阿马朝我们挤眉弄眼。折腾了几分钟,老头去开廊桥另一头的门,一群人从桥上消失。

阿马背着手,显然在学校长腔调,慢慢从小巷踱出,来到我们身边。大平猛地一拍阿马的肩膀:"阿马,你怎么办到的啊?快说快说!"

"这桥既然是私人的,你们说,他们最怕什么?"阿马得意地问。我和大平往常的聪明不知到什么地方去了,只剩下胡乱摇头。"当然是桥的损坏了啊!我敲门时候,就心急火燎地大喊:船撞桥了!老头一开门,我就说,我们家的船开得太快,嘭的一下子撞上了桥基石,桥好像晃了一下。"阿马放慢讲话速度。"看见我这人,再听我说这话,老头老太马上让我带路去看撞在哪里。"

"后来你怎么开口要从另一扇门出来的呢?"大平又提问。"这还不简单?在桥上东查西看后,我说没有什么问题,但是最好还要下到河滩头观察一下,木桩有没有斜。河滩就在小巷那扇门边上,老头连忙帮我开门,请我快去检查。"

我们跟着阿马下到河滩头,扶着青苔丛生的驳岸,朝廊桥上的老人们挥手:"没事,一切正常。"廊桥上传来声音:"谢谢哦!谢谢!"

阿马从头到尾保持微笑,露出的阔板牙干燥得越来越黄。春天来到了,观前街的梧桐树发芽了。三清殿作最后整修,马上要开放。殿东侧的无字碑立起来,大石龟默默驮着。观前街的变化,阿马掰着手指讲给我和大平,似乎我们刚从运输船上岸,而他专门在观前街来迎候我们。他说着我们感兴趣的事情:采芝斋、叶受和、稻香村、黄天源等老字号的新牌子马上要挂起来。玄妙观西角门的小吃店一个又一个冒出来,糖粥、豆腐花、牛肉锅贴、鸡鸭血汤、生煎馒头、油氽臭豆腐,光听名称就引得我俩唾液直冒。春风送来的清香,我也幻想成哪个百年老菜馆的油烟香味。

虽然我还是每个星期例行公事般去趟观前街,却总没有阿马观察仔细。大平也由此与阿马有了隔阂:"以为自己是啥人呢?撒泡尿照照,噢哟!地地道道个船上人嘛。"船上人不喜欢读书,这点阿马倒是明确告诉过我。

吴城往事

期中考试，阿马没有参加。他的班主任刚从师范毕业，只带过一届学生。她相当认真负责，当天晚上就去家访。钟老头一问三不知，只是吐掉个烟屁股，朝屋里一歪嘴："你我好比鸳鸯鸟，比翼双飞在人间，那啊，哎嘿呦！"

仓米巷，路灯被打掉一大半，一扇侧门突然打开，一桶洗脚水，哗啦，溅湿了弹石路面。这时，春雨又飘洒开了。班主任一手撑墙，一手扶牢眼镜，一脚深一脚浅朝巷口摸去。她内心里的惊与怕，在脚步艰难移动中，变成对阿马的怨恨。

"小城故事多，充满喜和乐，若是你到小城来……""四喇叭"随着一辆自行车拐进仓米巷。车子上蹲了三个少年，在"靡靡之音"中，摇摇晃晃向班主任撞过来。后来班主任认定车上有阿马，但是阿马说自己在观前街，大平也不相信，只有我信任阿马。其实车上的少年也没有怎么样，就是围着班主任大声说几句时髦话，唱几句自己编词的情歌，把"四喇叭"举过头顶。班主任说还抢走了她的眼镜、钢笔和笔记本，私底下，大家传说是她自己奔出巷子的时候主动扔掉的。

一声尖叫，刺破正常教学当中的宁静。课间休息表演了一场自杀闹剧的班主任，一眼看见晃进学校的阿马，声到手到，一把抓住阿马。我站起来从教室窗户里看到的那个场景，很长时间都作为经典镜头，留在我脑子里。班主任抓住的是阿马的空书包，书包带子，深深卡进阿马后背。阿马根本没有挣扎，只是微微朝后靠，两只手无奈地摊开着，被班主任拖着、拽着。前面一个是车夫，后面一个是老爷。阿马抬起头朝上看，碰到我的眼光，他又笑了。一时间，这个笑让我愣住，真是个迷人的微笑，还是阔板牙一露，却有很不一样的含义，藐视、无聊、任性、狡黠等等，我所能想起的词，竟都包含在内。

"这小子，看来真的欠揍。"大平腥臭湿润的口气喷在我左耳朵上，带着愤恨。班主任和大平住在一条街上，平时不打招呼。大平的青春期刚刚开始，原始而又盲目的冲动，指挥着他。

"阿马居然说他根本不知道班主任被调戏的事情，那就看看我的拳头能不能让他说实话。"我曾经被大平"摆平"，闻到过青草和泥土味，知道他的实力。

"我看阿马说的是实话。说到底，班主任没有现场抓到人，没有证据，就不能认定阿马做的。"我对大平解释。

事实证明，校长的水平与我也差不多，据讲，对年轻的近视眼班主任所做的解释，又引发一连串哭叫。而那时，我和大平正赶去小土墩，这个阿马放学回家的必经之地。后来才知道，城里的小土墩无非两种：一是以前的宫殿废墟，二是高高的坟堆。我和大平蹲守的，是后者。土墩上种了几棵银杏树，风大的时候，落叶飘到脚边上，我拿在手上，仔细看奇怪的扇形，心里想这树有缺陷。大平来回踱步，不肯停下来，每次走过我身边，我都听见他快速而粗壮的喘息。

天擦黑的时候，阿马出现了。来的不止阿马一个，整个学校的船民子弟都围着他问这问那。我看出大平的犹豫，想给他个台阶下下："天都黑了，明天一早要长跑测验，早点回家吧。"

可是，阿马和大平的眼神已经对上了。交友需要漫长的等待，交恶却只要一句话。我不知道大平是否还能记得"在观前街我们有朋友了"这句话，只听见"×××"响亮的三个字，喷出大平的嘴。然后，两个身影扭在一起，滚到地上，土墩上船民子弟兴奋地呼叫。土墩边，民房的一扇扇窗，砰地关上。刚开始，大平占人高马大优势。渐渐地，阿马将大平压在身下，可阿马的头颈还被大平牢牢用臂膀锁住。天完全黑下来了，其他人带着阿马妹妹先回去了。

土墩上只剩下我们三个少年。我手里拿着一根树枝，对着僵持的两个人，东戳戳西插插。牛劲过去了，眼睛里的火光也消散了，两人嘴巴有了动静，都怪我闲着瞎闹腾，似乎只有抱打在一起才算正道。两人松开了各自的手，嘴里还骂，说下次决个高下。我觉得那两双手，再握不到一起去了。

大平往西走下土墩，阿马朝东离开，我拿着树枝轻轻拍打着银杏树，远远的，运河里的汽笛声，飘了过来。很多年之后，我才知道，观前街的百年老字号，好多都是外铺商人始创。采芝斋，河南人金荫芝；叶受和，浙江人叶鸿年；黄天源，浙江人黄启庭；等等。他们应当也是顺着运河这条大动脉，飘到苏州，扎根下来。阿马混迹观前街，我定期乘公交二路车到观前，这两种生活状态，是很不同的。这个道理，我在黑漆漆的土墩上朦胧地意识到。

阿马被学校开除，是早晚的事。只是对我来说，白纸、黑字的通报，贴在学校门口，无论如何都触目惊心。我认识近视眼班主任家。那天晚上，在石皮弄里捡了两块鹅卵石。嘴里哼着："那是外婆拄着杖，将我手轻轻挽，踩着薄暮走向余晖……"到达目的地，嗖的一下，再一下，玻璃窗哐啷哐啷两声，接着又是尖叫连连。我快速闪进深深小巷，向老街方向奔去。嘴里念叨："活该，真活该。"奔跑的脚步声，被雨幕吸收了，只剩下嗒嗒嗒的单调节奏。我想到了福尔摩斯、大胡子波洛，他们在雨夜查案的次数很多，罪犯喜欢不留痕迹。我也是。

学校门卫老朱，眼睛斜视得有趣。不是一般的斗鸡眼，相反，他两个眼黑的距离搞得很大。他盯住你看，其实在瞄别人。而我忘戴校徽偷偷想溜进校门，却被他一把逮住衣领。我明明瞟到他正朝大平仔细打量。听我的口音，老朱教训了几句，把我放进校门。

大平在前面等我，等我走近，凑过来悄悄说："刚刚听说，阿马昨晚把他班主任家的玻璃窗砸了。"

"谁说的？"我异常警觉。

"你笨哦，老朱头为什么今早查校徽？摆明昨晚出事了。"一切都被雨丝掩盖了，班级里还是静悄悄的，老师在讲课，我们心不在焉听着。阿马和他的班主任都没有出现。

傍晚时分，雨停了，空气中弥漫着搅碎、打蔫的月季花香。一个消息在潮湿的江南空气中传播很快。

阿马将被送进工读学校。

周日上午的二路公交汽车站，人很多。我穿过这些人，走进观前街东头的新风面馆，对过的"陆稿荐"老字号牌子，在一片爆竹声中挂上去。这里还是老样子，卖面筹的中年妇女面无表情，其他服务员围在最靠里的八仙桌吹牛，下面师傅懒洋洋接过我的阳春面筹，抓一把小阔面扔在冒气泡的大锅里。我喜欢小阔面，传统的细面缺乏嚼劲。我靠窗坐下来，等阳春面，早上没有约大平，也没有吃东西。我从筷筒里抽出来两根木筷，掏出蓝格子手帕，来回擦。窗外鞭炮烟雾已经散去，人们排起长队，陆稿荐喜气洋洋。阿马就是从人群里，突然冒出来的。我丢掉筷子，奔出店门，阿马也看到我。他露出两只阔板牙齿，笑了。

他丝毫没有怪我。我还是有点惊讶。面摆在面前，我却不饿了。阿马吃得有声有色，额头上布满细细汗珠。我把自己一碗推给他，工读学校没有这样的面。阿马迟疑一下，随后笑着吃第二碗。

吴城往事

观前街上的法国梧桐浓密起来，伸出的枝杈，像迎客松的臂膀。我和阿马在"臂膀"下走，没有说话。玄妙观一会儿就到了。三清殿正式开放了，月台清空了，连环画租读摊消失了。我们没有走进大殿，爬上东侧栏杆，面对无字碑和驮它的石龟。

"这块碑一倒，整个城市将被水淹没。进来的是太湖水、阳澄湖水，还是运河水？"

"我不知道。"我的确不知道。

"我知道，一定是运河水。从护城河吊着船，我进入过运河，离古城最近。很方便，水就进来了。"

"那边什么时候过去？"我觉得他忌讳"工读学校"几个字。

阿马有些答非所问："我妹妹读书成绩好的，不像我，不要读书。你要多照顾她。"

我把他的话，当作临别嘱托，第一次承受这样大的责任，心里竟然甜滋滋的充实。事情如果一直按照你的想法和期望发展，那么这世界肯定呆板无趣。阿马的妹妹其实根本没有等到我去关心，就退学了。若干年之后，我在观前街的一个大商场碰到她。她已经拥有一个著名羊绒衫品牌代理权。她送我一件黑灰相间的V字领羊绒衫。我问她阿马的情况，玄妙观一别，阿马从我生活中消失。大平、其他同学和老师，一字不提他。后来，一段时间里，船民子弟也一个个转学、退学，静悄悄地，没有注意，没人谈论。

"我哥其实没有去工读学校。他搭了船，从运河北上，一路寻找父亲所在船队，成为最年轻的船民。"

"他现在呢？"

"他一直在船上，基本不上岸，把我们全部赶上来。他讲得最多的，一直是清洲观前、玄妙观和观前街。"

那个春日的中午,阿马没有与我握手道别,跳下石栏杆,只说了两个字:"走了!"

我朝他挥手,他对我笑笑。我突然发现,他的背原来有点弯的。

瑞光塔

我们学校窝在一大片平房里,想看瑞光塔,必须爬到五楼半的播音室,打开南气窗,孤独的旧塔出现在我眼中。

大平对瑞光塔无所谓,对小红感兴趣。我的兴趣相反。于是我和大平结伴在播音室耗着,大平帮大队宣传委员整理广播稿。我看着夕阳下的古塔,数断角上的乌鸦。我一直幻想去塔的里面。在北寺塔上朝下拍的古城全景,我曾经看到。一只只火柴盒子紧紧挤在一起,色调也缺少变化,除了远处挺立的瑞光塔给我想象空间,其他的看起来都那么令人心酸。

"我要去瑞光塔!"与小红忙着聊天的大平没有听清楚我的第一句话,我再加大音量说了一遍。

大平敷衍我:"瑞光塔有什么好玩的?破烂得快倒掉了。"我沉默了好一会儿,绝大多数时候大平不能理解我的心思。

一阵风吹进广播室。虽然五月了,但是傍晚的风还是有点凉。我又开口:"几天前三个孩子爬进塔里去了。""是吗?"小红停下了手里正在修补的"向日葵",脸上显出好奇。马上到六一了,大队里准备组织篝火晚会,我们班分到一个小节目,表演唱《颗颗红心向太阳》,布制的"向日葵"是道具,几只破掉了。

大平连忙接过话头:"这个事情我比他清楚。瑞光塔边上有个叫幸福村的,村里孩子最喜欢到瑞光塔玩。但是一般上不去,那天三个初中生逃学来到塔下，叠了罗汉才爬上塔基。"大平观察了一下小红，她已经放下手中的活，专心在听。大平变了一种语调，"他们准备在塔里住下来，四周黑咕隆咚，他们在三层停了下来。在寻找柴火的时候，发现了塔心有个洞。"小红的脸出现一层红晕，大平得意了。"他们进入空洞，掀起地上的大石板，你猜怎样？"

小红紧张得连连摇头。"一道金光冲出密室，照亮整座塔，方圆十几里地的人都看到了塔放瑞光。"大平手上的动作，有点像"北京有个金太阳"。"我怎么没有看到瑞光塔发光呢？"小红天真地问。"这……可不是一般人都能看见的呢！大石板下是一个密室，里面有好多古代经书、佛像等等，都被文物单位拿过去保护起来了呢。"大平说到最后有点严肃，我却发笑。他这一番话，都是从老宅里批发来的。

二舅要结婚，新房就在老宅。家具要请木匠来做。老宅一下子来了这么多干活的人，我和大平每天跟在他们后面瞎看，每样事情都新鲜。领头的是外公的学生春明。他在区房管局下面维修队做小头头。平时老宅捉漏、补墙等事情，外公总是喊他来弄好。

春明高高瘦瘦，面色蜡黄，眼窝深陷。香烟一支接一支，必须抬手指人才能开口说话，讲的第一句必定是："我帮你讲，实际上……"这样子，使我一直认为春明有看透现象的本事。

那天，正像大平描述的，春明看着呆呆瞪大眼睛的我们，一本正经地说："我帮你们讲，实际上三个小赤佬，当时不知道这是国家重要文物，密室又太暗，他们摸到纸头就点燃，用来照明。乖乖，你们阿知道，这是经书啊！是几百年，甚至一千多年前的文物！就这样被他们生煤炉烧报纸那样毁掉好多。"他用力在板凳上顿一根"飞马"，前面顿空了点，就把嘴上的烟屁股插进去，不浪费烟丝。"要是我发现,就会十分小心地保护,马上向市里文物单位报告,说不定立个功,得到点奖励呢。"春明已经四十出头了,除了肺不大好,

其他都好,特别是他的脑子,连外公也讲,亏得没有走歪路,他什么点子都想得出。

要做的家具不少,大衣柜、五斗橱、写字台、大床、床头柜、靠背椅等等,流行的新房三十二条腿,都要全。春明接受外公的任务,一番招兵买马,瑞光塔下幸福村的居民来了。大家都有工作,干活都在下班后和星期日。这帮木匠一来,就从春明口中将瑞光塔事件的话语权夺了过去。他们一开口,我才知道,春明终究还是个实在人。幸福村的木匠,今天这个讲那天曾经有龙在塔上盘桓,明天那个又讲其实是一条龙和一只凤凰,后来又说四海龙王都来了,把三个初中生接到天上,再送回来等等。我不由朝瑞光塔方向望了望,塔还是衰败地立着,周围盘旋的仍是那帮乌鸦。

外公说匠人分三等。下等是泥水匠,做的是水泥石子之类的粗活;中等是漆匠,在成品上按要求做成同一色调,虽然难度比较高,但做起来还是"僵";上等才是木匠,最难培养的就是"灵性",同一款式家具,不同匠人做出来,效果大不同。一件家具少了"灵性木匠"点缀,就缺乏生命力。春明身上就具备这样的"灵性"。

枇杷结果的时候,木匠们在老宅院子里做得欢。早过了春分,日脚越来越长,匠人们一下班就到老宅上第二个班。刚开始的时候,春明不大来。匠人们做着粗活。那年初夏,他似乎很忙。工程进度缓慢,也是外公预料到的。二舅结婚日定在国庆,再慢,入秋也能结束。

初夏,古城多雨。一天傍晚,匠人们缩在撩檐下躲雨。大门突

吴城往事

然被撞开,春明二十八英寸载重老凤凰一下子冲进天井。"这个天真要命!刚才还出着大太阳,一会儿就这样了。"春明吐掉粘在嘴角的烟屁股,用手抹去头发上的水,接过外婆递给他的毛巾,擦了下脸。

"你们听我讲啊!"嘴上又叼上一根"大前门",点燃,深吸一口,吹灭火柴,春明这才进入正题:"爬进瑞光塔的三个小赤佬要吃官司了。"来自幸福村的木匠多少与三个孩子有点牵扯,急得直问为什么。春明官方腔调很浓:"为啥?你们还好意思问。毁坏文物是大罪名。"匠人里有一个黑大汉跳了出来:"那他们发现文物的功劳大过损坏,再说他们是无意的。"不知道是烟进了春明眼睛,还是雨水原因,春明始终眯着眼,根本不看黑大汉。古塔维修筹备组的组长,是我师弟,幸福村有人托他为三个家伙说情,他来问我,我三言两语一讲,他跑去向有关部门一反应,人立马就放了。黑大汉惊讶地追问一句废话:"那他们已经回家了吧?"春明没有回答。我听出了画外音,塔很快就要修了,可我还没有去过,我有点焦虑。

春明开始用红黑铅笔在木板上画家具样式。木匠们自觉地围在他身边,静静地盯着图纸画好,不发出一点声音。我和大平也在看,春明用黑笔勾勒出家具线条,再用红笔点出工艺要领。其他匠人都点头,我佩服的是他手上的画笔,画出的线条灵性十足。

做家具的进度,像窗外的梅雨,滴滴答答,断断续续,怎么也快不起来。天井里搭起一个塑料棚罩住木料。施工的主要场所,在客堂间。每顿晚饭吃得都很晚,木匠吃好就回幸福村,灯下的活做不地道,春明也这样说。春明吃好饭,一般不急着走,拿起茶杯,倒掉泡淡的茶叶,重新沏上一杯浓茶。

有线广播里的评弹节目开始了。黑大汉扛杉木进门的时候，碰到了广播线，有线广播声音像半夜里蚊子轰炸机声。《三国》是我最爱的评话，垫一只方凳，把耳朵凑到扬声器上，张国良的说表声音，一会儿高，一会儿低，害得我有时还要踮起脚，准确捕捉他表达的意思。

"弟弟啊，你不要爬高落低了。听张国良，还不如听我讲故事呢。"春明看我听得吃力，笑着劝我下去。有些人不笑还好，一笑，脸上表情尴尬，春明就是这种人。

事实证明，不是有文化的人就能讲出好听故事，并且通常是相反的。春明接受外公教育仅到初中，先去学木匠，再到城里做，手艺好是一个方面，更重要的是春明会来事。三转两转，春明进了城里人也眼热的房管所。公房要房管所修，私房托关系也让房管所修。春明这些年下来，看得多，听得多，肚皮里故事也多了起来。

"瑞光塔有人住呢。"春明一开口，我就开始犹豫，是继续留在有线广播前，还是到春明身边去。春明接上一支"大前门"，深吸一口，缓缓吐出，稍稍停顿。天井里，雨打枇杷树叶的声音，清晰起来。"幸福村里有个老太，信佛。即便在'四人帮'的时候，逢年过节，也到瑞光塔烧香。她母亲说过，这个塔是孙权报答母恩而建。老太烧香，既烧给塔里的神灵，也烧给母亲。"春明喝口茶，"老太屋里我去过，破落得简直不像一个家。我想做点好事帮她整修好屋顶，但是研究半天，竟不知道从哪里下手。唯一干净的是老太供香的条桌。"春明说出这话，大家都吃了一惊。

"我当时断定老太脑子有问题，就不跟她多啰唆。老伴早就去世了，两个儿子，都下乡去了，烧香，求他们让儿子们早点回来。"我已经坐到客堂窗口的小板凳上，微风不停吹过来，我闻到湿润的腥味，江南的空气开始翻滚躁动。外婆戴起老花镜赶制外发加工皮手套；二舅手上的象棋棋谱总是翻到"马后炮"章节；外公手抚茶杯，手指有节奏地敲打杯盖，头似乎在微微晃动。春明的故事在继续。我喜欢老宅宁静中的喧闹。

"那天我忘拿泥刀，回转去取，看见老太向瑞光塔走去。"我有点不大相信，外公讲，春明要面子，到了房管所，泥刀从不带在身上。"我看见老太挎个篮子，就跟在她后面。穿过一片毛豆地，再绕过一块青菜田，老太来到瑞光塔前的那一小片空地。先是将篮子放在地上，对着塔倒头就拜。塔里突然发出了光，我吓了一跳。老太看见光，加快速度拜了三下，从篮里拿出盛饭菜的三只碗，踮起脚尖整整齐齐地放在塔基青砖上。她转身跑了几步，还不放心，回转身来对着三只碗再拜三拜，随后匆匆离开，消失在幸福村民房当中。"

"这么说，瑞光塔里有鬼啊？"我的提问正合春明心意，他弹了下烟灰，喝口茶。"哪来这么多鬼神呢？塔边上的空地，以前是个大寺院的废墟，现在人一多，就搭起了房子，空地越来越少。塔是天然房屋，但是住进去总要有点胆量。我惊讶的是……"春明也像说书先生那样，开始卖关子了。他得意地挑逗着我急迫的眼神，一个字一个字地吐出来："一个女的，又一个女的！像一对母女。她们四周看看，黑漆漆一片，就麻利地收了三只碗又钻进了塔，火光不见了。亮光、灭光都保持神秘感，这就是本事啊！"

我又开始幻想瑞光塔。春明说得对，塔是避风港。蚊帐放下来的时候，外面的一切都看不真切。外婆在方凳上加了个小板凳，以更接近十五支光的白炽灯的姿态，缝制手套。被子散发着与黄梅天格格不入的阳光香味，我马上要舒服地睡去，突然又想到了春明。

他撩起裤腿给我们看那天被蚂蟥叮的疤痕，我觉得有些可笑，他既想观察塔里那对母女的情况，却又不敢靠前。最终塔里再没有光线透出来，春明在青菜地里站了很久。这个情节，他在老宅的表述轻描淡写。

不知从什么时候起，瑞光塔有宝物的说法，开始在老街一带流传。春明一口咬定幸福村里的人讲的。黑大汉却说都是外来逃荒人闹的。大平一直想参与大人讲话，见此情景，急于表现自己："事实证明里面的确有宝物，所以讲这话的肯定是知情人。"我想的和他们不一样，我在想住在塔里的人，其实与蚊帐里的我类似。

梅雨天，不是做家具的好时节，但是慢工出细活。许多年之后的一天黄昏，太湖洞庭东山，雕花大楼特别清静，我仔细观察一扇扇雕花窗，那么熟悉、亲切。春明在那个梅雨天做的小小雕花板，实在有雕花楼工艺的神韵。二舅在开工前，就特地买了几包短"牡丹"，送到春明手上。意思很简单，雕花板一定要春明做。家具，特别是结婚派用场的，没有几块像样的雕花板，怎么镇得住七姑八婆挑剔的眼光、刻薄的言语呢？

春明使用的是一套自制工具。白帆布包打开，钢丝锯、小刨子、小凿子排列整齐，春明每次用完，都用白棉回丝擦出亮光来。我最喜欢那把"挖耳勺"，每到关键工序，"挖耳勺"就上阵。"挖耳勺"放大，就是一把鱼叉，尾部燕尾分开。在杉木上游走，像木匙挖最珍贵的"光明"牌中冰砖。春明最领行情，知道市面上流行的花样。先是向日葵，这种植物总是向着太阳，所以不会犯错误。后来是富贵的牡丹花、厚实的海棠花。二舅的这套家具，用了向日葵、牡丹花两种花式。春明最看不起木匠用僵硬的水线代替雕花："木匠本事没有学精，偷懒倒一看就会，五斗橱贴上去水线，比不贴难看十倍，僵硬、粗气，橱在哭啊！"

一样样家具的框架搭起来后，春明才动手。他先左看右看一番，再走到天井里翻合适木料。细雨打在他后背，他微微咳嗽，却还是嘴不离烟。坐到长条凳上，用木工笔在木板上勾勒出画面。我看得出，动脑筋时，春明吃香烟更加厉害。先上钢丝锯，花样的轮廓出来后，小刨子仔细收边。雕花最主要的工具是小凿子，春明是左撇子，右手扶住小凿子，左手小榔头挥动，木花、木屑应声落地。带香味的刨花、飞溅的木屑，那一刻，我待在那里，看魔术师的表演。重头戏是我喜欢的"挖耳勺"，"挖耳勺"走过的地方，一粒粒向日葵籽饱满了、一片片牡丹花叶展开了。我突然转念到吃，春明要是厨师，光刀工就怔住不少人，烧出的狮子头、红烧蹄髈、酱鸭，不知道肥厚到什么程度呢。美好的事情都以吃为参照物，这是我的特点。大平比我艺术细胞多，骰子也活络。他想到了《小兵张嘎》和《闪闪的红星》。

"嘎子顶着罗金保的枪，是假枪。潘冬子一开始也只拿红缨枪。"大平先起了个头，他看看烟雾缭绕中的春明，低声问我，"想不想去瑞光塔？"

"当然很想去啊！"我被大平捏住要害。"那就让春明给你做把木手枪，他手艺好，做出来像真的一样。"大平说话很有技巧，他没有说是自己要手枪，但是他确定我向春明要求的时候，肯定会说："帮我和大平一人做一把木头手枪吧。"事实上我也是这样说的。

正好，春明把最后一块雕花板安装到大衣柜上，等天放晴，他就请人来油漆。黄梅天正在过去，三伏天马上要来。油漆的黄金季节到了。我们也要放暑假。听到我的请求，春明出乎意料的爽快："你们自己找两块木头来。"

大平心黑，找了块长方形木料，春明笑他："你要做机关枪啊？"结果我的木料比大平后来找的大，还没做，大小上，大平已经输给我。一边做，春明说着瑞光塔："这么多年来，只有瑞光塔还在，塔边上寺庙的房子都没有了，也就出现了幸福村。"

"一只船从北面摇到盘门，一看这里蛮好，就靠着围墙住下来，慢慢地，上岸，搭房子，在里面生儿育女。瑞光塔边上都是棚户区，我做维修，见得多了。"春明像在说给我听。大平对春明说过我想去瑞光塔。我得到的是一把"驳壳枪"，大平手里却拿着女特务经常使用的"勃朗宁"，大家都笑大平"娘娘腔"。他要跟我换，我就让春明要回手枪，让我做个"双枪老太婆"。我在手枪的底部用图画钉别上一块红绸子，在军帽上钉上一颗红五星，右手举枪一挥："为了新中国，冲啊！"跑到路上，红绸高高飘过脑后，威风凛凛。

幸福村来的木匠，明天就收工了。吃好晚饭，又围在春明身边吹牛。外婆在厨房间熬猪油，明晚木匠在老宅吃最后一顿饭。这些天，大荤基本没有，小荤只是在盘子里出现几根肉丝。外婆那天买回来两斤五花肉，准备给木匠做一顿红烧肉，还搭回一块板油。她仔细将板油切小，放进锅里熬油渣。可怕的焦香味，悄悄爬进刚扒完两海碗干饭木匠的鼻子里，肚子叫了，嘴里也就湿润了。连春明也受不了。他起身去厨房看了一眼，回来安慰弟兄们，明晚吃猪油菜饭配红烧肉。看着弟兄们的馋样，春明叼着烟又去了趟厨房。这次出来，他端了一个钢精锅子。木匠们哄上去一看，油渣面糊一大锅子！一人盛一碗，不到五分钟，锅子被刮了个尽。

漆匠来的那天，我的手枪被大平拦腰踩断。我找他拼命，结果被他按在地上，一顿狠揍。我头和嘴接触到湿泥和青草的时候，想到了春明。春明看了一眼断掉的枪，说："要么钉根洋钉进去。"大平的头在老宅门口探了一下，听到这句话，不见了。

春明在做两把手枪的时候，就用过一点漆和香蕉水。我喜欢这个味道，江南这个地方，什么都好，就是味道不重。春明把刷子浸泡在香蕉水里的时候，我出现幻觉，烟雨朦胧的早晨，一车接一车的热带水果开进老街。

外公推门进来，看到春明在帮我修理手枪。"今天星期六了，你怎么不回乡下去？"春明抬起头来："我领漆匠过来的。""漆匠来了，你就没事了。难得休息一天，还要在城里混！水英在乡下，你也不去帮一下她。"外公声音一高，春明就开始剧烈咳嗽。

"我讲过多少次，叫你少吃点香烟，你就是不听，看看你的样子。"外公说话，春明不敢还嘴。他悄悄把嘴边刚点燃的"大前门"拿下，摁灭在回力球鞋底，烟屁股慢慢转移到手心。过了一会儿，春明才开口："老师，你听我讲。儿子小明现在弄到市里来了，水英也要上来的，我正在想办法。"外公不再听他讲，自顾自看儿子结婚家具。

哗，一桶井水从头冲到脚，我最佩服春明这个动作。我只敢从膝盖往下灌，即使在三伏天，冰凉的井水也让我打个冷战。外婆端出小方桌，七八个小凳子，我们和春明、漆匠一起坐在枇杷树下，吃晚饭。咸鸭蛋带壳被劈成两半，什锦酱菜、红方乳腐，还有一碟刚刚氽好的果玉。外公和春明都不喝酒，大家就开始吃泡饭。我腿上好像被蚊子咬了几个地方，痒痒的，我用手抓抓，没有吭声。直到春明晚茶喝饱，我才感到不对劲。整个身体都在发痒，春明把我脸放到十五支光电灯下观察时，我的上下眼睑已经碰到一起。

"是漆过敏！"春明抱起我就往外冲。喉咙在一点点发酵、膨胀，呼吸困难，像一条厚厚的被子盖了上来，我向空中抓去，想掀开被子，却抓住了春明的头发。我的意识开始模糊，好多人跟着春明一起跑，有认识的，好像是大平、二舅他们，还有不认识的，他们叽叽喳喳说着我听不懂的话。

在医院"观察室"躺了一夜，打了几针，吃了几片圆形特大药片，我坐上了春明的"老凤凰"。只在外面过了一个晚上，路上看到的景色就与平时有很大不同。法国梧桐的叶子一下子密了好多，阳光在叶子里穿行，时强时弱，眼睛有点睁不开。医生还配了一瓶外涂药水，上半部分是溶剂，下面是粉剂，用的时候，要来回摇均匀。春明摇好后，用棉签仔细地擦在我身体发出来的红点上。拖鞋被春明拿去洗，我坐在高高的靠背椅上，双脚离地，打量屋内。两只床，一大一小，都装着蚊帐，蚊帐有补丁。只有我坐的那张椅子是四条腿的，其他三只，都有点缺陷。大门敞开着，外公给他们写的春联，下边卷了起来，颜色有点发白。

春明手搀着儿子小明进屋，回头向邻居打招呼感谢。暑假里，小明好像由邻居代看管。吃午饭的过程中，我始终没有听见小明说一句话。有时我故意对着他提问，他只是对我笑笑。和他一起吃饭、睡觉，还不知要过上几天，想想多没劲，心里倒挂念起大平来。下午，春明带小明去单位，我趴在窗口，目送他们离家。随后，仰望不远处的瑞光塔。有人在那里面的，我坚信，一直有的。

我躺在小明的床上休息，窗外知了欢叫，大白天的，我怎么睡得着。忽然，脑子里闪过一个念头，阿弥陀佛，原来是这样啊！外公曾经说过这样的话："人也不能太聪明，这个世界对每个人都是公平的，这里赚的，那里就欠了。春明就是太精明，唉……"

吃晚饭的时候，我的猜测得到证实。我一直逗小明开口，他就

吴城往事

是闷头吃饭，要么不睬我，要么对我笑笑。春明也不说话。外面下起了雨，闷湿的空气夹杂水汽，向饭桌扑来。春明连忙起身关窗。小明对着窗，张大嘴，任凭雨水打在他脸上。春明回头看了儿子一眼，一边做着吃饭的手势，一边慢声说："快点吃饭，早点睡觉。"窗子关上了，小明仍然保持那样的姿势，眼睛也闭了起来。我突然发现，小明嘴唇嗫嚅着，发出很难辨识的声音。我努力听，只听到原始的发音。春明站到儿子身边，双手按到小明双肩："好了，我们把饭吃完吧。"春明嘴上没有叼烟。一道闪电在瑞光塔背后炸响，昏暗的电灯闪了一下，父子俩剪影在我眼里停了一下，就印在我脑子里。

江南的盛夏就是这样，黄昏阵雨过后，隔天反而更热。那天黄昏，春明说漆匠是单位请了病假来的，活今天就能结束，散散味道，后天我就能回去了。我却不急了。这几天和小明在一起，帮他做暑假作业，教他折纸飞机，屋里屋外捉迷藏，春明也就不把他带去单位，也不叫邻居看护了。小明眼睛很小，不像春明，他看纸飞机的时候特别出神。有时，纸飞机冲出屋门，轻巧地滑翔，小明就静静地走到大太阳下，看纸飞机飞翔、落地。如果纸飞机搭载什么东西的话，其结果就是一同坠落。有一次，小明看到一架纸飞机高高掠过围墙飞向屋外的世界，开心地笑了。可惜，我只听到拍手的声音，没有笑声。

我再次坐在春明的"老凤凰"书包架上，小明拉住邻居的手，站到大门口。我向他挥挥手，他也对我挥手，很机械。拐过墙角，小明看不见了，突然我感到，小明不是在挥手，而是在招手，心里顿时难过起来。别转头来，春明圆领汗衫已被汗水粘在背上，随着春明蹬车动作，出现一个又一个小气泡。那个人是父亲，却不是我的父亲。我的父亲在遥远的地方。小明比我幸福。我眼睛湿润了，一瞬间有了从背后紧紧抱住春明的愿望。

　　几天不进老宅，竟然有点陌生。我一改横冲直撞的脾气，客气起来。厨房对过的那间东厢房，定下来做二舅新房。现在里面堆满了春明请来的工匠们的作品。乌黑乌黑一房间，黑得发亮。我没有看漆家具过程，却怀疑漆里面加了东西。春明眯着眼，烟从他鼻子里出来，喷到家具上。他告诉我，诀窍是在黑漆里掺了一点点红漆。我马上反应过来，在排骨汤里放一点糖，是为了"吊鲜味"。

　　大平又在门口探头探脑。我很高兴地和他相逢在老宅门外。他带了几张新"洋画"送给我。我们在墙上飘起了"洋画"。大平突然说了一句话，我愣住了，"瑞光塔被围起来了"。

　　"是啊，明天开始，我们队里就要对它进行修复。对了，那些幸福村的木匠，都要去的。"春明推了"老凤凰"出来，听到大平的话，随口讲了几句。二舅来劲了。"那就是说，我的结婚家具是由修文物的手做出来的喽？"他连忙拿出一包没有拆封的"牡丹"塞进春明的裤兜。

　　我看了一眼春明，他也正在瞄我。明天开始，春明就天天在瑞光寺的遗址上工作，天天在瑞光塔钻进钻出。三个初中生的发现之旅全是碰巧，机会却没有落在天天准备的我的身上。春明讲了好多关于瑞光塔的故事，我觉得他已经不是去维修，而是去做讲解员。有一次，他讲到《水浒》的时候，忽然转到了瑞光塔上。《水浒》开头，龙虎山走了一百〇八只妖魔，祸乱天下。瑞光塔动一动，也不知道要出什么事情的。我希望出事吗？我回答不出。

　　瑞光塔就在老宅正南，我一抬头，似乎多了好多脚手架。我连忙问春明，"你不是说明天才开始做，怎么现在就搭脚手架呢？""哪里有啊？你是不是眼花了。"我再仔细看，塔还是孤零零站立着。但是，我心里想，塔过两天总归会搭得面目全非。而直到现在，我还没有去过一趟。半年间，该发生的事情流水般经过，对我似乎没有留下痕迹。而我牵挂的事情，却一件都没有去做。事情发生了很多变化，有人发现了宝贝，瑞光塔要被围起来，春明要进去干活，二舅不久要结婚。而我，马上开学上课。

"明天我带你去看看塔吧！"我一下子没有对春明的话做出反应，仍在发呆。春明又对大平说了一遍，大平连声说好。我情绪有点低落与不安。到瑞光塔，还是春明带去的，无论如何是一件讲不过去的事情，可现在围了起来，自己就没有什么办法了。大平不懂，只知道使劲地点头。

"爱国卫生运动宣传车"一边播放着二号病防治知识，一边缓缓行驶在老街上。春明与大平的对话，淹没在"饭前便后要洗手，生熟分清最重要"的激越高音女声里。春明跃上"老凤凰"，在宣传车扬起灰尘的裹挟下，朝瑞光塔相反方向骑去。

已经立秋了。外婆不让我把脚浸在井水里。我知道，不需要多久，井水就会变得温暖，在白霜覆盖井栏的时候，冒出轻烟。站到阴沟旁边，我一桶水慢慢浇在脚趾上，一个一个慢慢地感受冰凉带来的舒适。同时也在冷却我的过度热情。之后，我做出了决定。

第二天清晨，我就出门，没有打任何招呼。早晨、晚上，穿着的确良衬衫，已经蛮风凉。我爬上粮店后面的水泥水塔，风迎面吹来，衣服"啪啦啪啦"响不停。春明和大平出现在我视野里，春明带着大平，"老凤凰"显得有点吃力。他们向瑞光塔方向进发。朝阳斜斜射在他们身上，有光亮面，也存在阴暗面。他们消失在我眼中的同时，我自然而然地接触到了瑞光塔。

古塔，正在被搭脚手架。很快，它的野性将被驯化。此时，它更像一只将要被关进笼子的雄狮。在水塔上，我仿佛听到了它的叹息。它的光芒，会定期控制绽放；它的秘密，会一层一层地剥开；而它本身，渐渐变成不是原来的塔。

　　我想象得到，那些搭脚手架的木匠们，曾经吃过老宅油渣面糊，现在一定卖力地做着一个宏伟的改造工程。而塔下的大平，正兴奋地感受着大小机械运动带来的快感，彻底忘记没有在老宅找到我的茫然。我不知道春明怎么想，又会怎么做，但是这已经与我无关。

　　"你怎么没有跟我们去瑞光塔呢？昨天不是说好的吗？"大平冲进老宅就对着我嚷嚷。

　　我平静地答非所问："我看见瑞光塔上爬满了人。"

　　春明没有说一句话。

吴城往事

萤火虫

沿着石板路前进的时候，二子闻到了空气中湿润的香味，他在理发店里时常放邓丽君的《夜来香》，现在，他认定这就是醉人味道了。骨头酥软起来，永久自行车颠簸抖动，他下意识用手摸一下书包架上的货，扎实地压在他心头。出门的时候，他让未婚妻阿莹清空皮夹子，回来时，皮夹子又将是鼓鼓的。他觉得自己处于"黄金时代"，一切都是好的，顺的，以往的霉运说没就没了。想到这里，他偷偷地撇嘴笑了笑。他笑自己的狡黠，每次总能比三子设法多装十几把扇子。每把三块五，本身就比三子高出五毛，加上多出的货，一次下来比三子多了七八十块。一星期交一次货，一年大概五十次，整整多出四千块钱。一台彩电赚到了。

那是一条死路，虽然一侧是著名的护城河，但是改变不了笔直向前无路可通的事实。河流是活的，老辈人说水有魂魄，临到绝境总会潇洒一拐，与固执的陆路分道。吴瘸子的工场就挡在路中央，反正人也走不过，违章建筑搭了里三层外三层，机器轰鸣宛如工业革命。产业工人的皮裙子、长筒胶鞋踩在永远不会干的地面上，五颜六色的泥淖，在灯光下庄严又神秘。

约好三子在大门口碰面，时间已经过去一刻钟，还不见人影。二子想那小子是不是已经进了吴瘸子的收货屋。于是，他一手扶纸板箱，一手把着龙头，走向最里间。他经过微型冲床车间，一把把扇子在这里定型。经过拉丝车间，钢丝锯把普通木扇拉成檀香扇模样。经过漂染车间，刺鼻的香精把木料变成檀香味。经过印花车间，模具准确地将花卉、仕女、山水等图案压在扇子上。最里间是外发加收货车间。说是一个一个的车间，其实就是一间间油毛毡房。只有吴瘸子的那间才是正式砖瓦房。

三子不在屋里。二子快速地将货摊到一张长条桌上。吴瘸子右胳肢窝紧压拐杖，右手把烟丝装进楠木烟斗，左手打着火机，粗大烟斗发出"呲呲"的微弱声音。古怪的香气弥漫整个屋子。二子想起以前店里烫发用的大功率灯泡。他一个走神，顾客的头皮就烫出个大泡。幸好后来有了冷烫，但是药水的味道还是太重。他有点感动，阿莹带着皮手套，已经帮上了忙。吴瘸子超长的对襟长褂，表明他曾经是个艺术家，或许他认为现在自己还是。二子急于给他验货。他左一句"吴老师"，右一句"吴老师"，估计就能很快过关。三子以前有一次一进门就嚷着"老板快验货"，这声"老板"令他的货被退了两次。

"虽然是工艺商品，我们也要用艺术品的标准衡量。"吴瘸子的话让加工产品的人，自认为在赚钱的同时，也满足了做艺术品的自豪感。

二子的货验得慢，原因是质量好。吴瘸子每次都细细品味后放行,而且总归拖一句"你不搞手工艺可惜了"。太师椅后面挂了把大宫扇,上面是《姑苏十景》中的"沧浪清夏",色彩就是二子上的。吴瘌子翻看别人"生活",就经常以"沧浪清夏"为模板,教训外发加工的人。被"吴老师"表扬多了,二子更有压力。三子经常遭退货,也成为二子的心病。他总是约三子结伴而来,一起验货,全部通过的概率高些。而他的货,却不能有一点瑕疵,这一点使他深夜伏在书桌上的时间更长。刚开始的时候,他沉醉在久别的色彩世界里。仿佛回到童年,父亲亲手调制一种又一种新颜色给他看。他也试着调,狠心地加入过多品种颜色,结果得到灰暗一片。这也预示他一段时间生命的颜色。但是,现在他不这么认为了。

吴瘌子有点反常。扇子摊满桌子后,他并没有打开扇面,只是轻轻抚摸这些货,来来回回几次后,拖长声调:"装箱吧"。

二子诧异极了:"吴老师,您不看看扇子质量?"

吴瘌子叹了口气,让会计付钱给二子。他注意到二子不时往外张望,补了一句:"你不要等了,三子不来了。"

二子连忙问原因,得到的却是一股浓于一股的烟雾。

从并不遥远的扬州来到苏州时,二子十六岁。他跟在哥哥后面,身高却已经超过大宝。他能够比哥哥看得更远。

哥俩在表舅开的理发店帮工学手艺。店在扬州老乡聚居的运河边上,二子每天看河上日出日落,船只来来往往,还有各种垃圾飘飘荡荡。父母离世的悲伤一天要涌上心头好几次。大宝似乎对周围的一切都不敏感。他的注意力在头发上。手艺越来越成熟,表舅不在,他顶上去客人也不反感。他们到店里才三个月。

大宝比表舅对二子还要严格,在二子发呆、懒惰、想出神的时候,"毛栗子"就落在二子头上。二子有艺术天赋,技术上大宝精细，创新上二子点子多。表舅也看到了这一点，把儿子三子送到二子店里，而不是大宝店里学徒。那是二子和大宝吵翻以后分灶吃饭不久的事。

扬州三把刀，剃头刀是其中一把。理发师水平体现在对剃头刀的完美运用上。刀在头上飞舞，呱啦爽脆的扬州话在耳边萦绕，客人在不知不觉中精神起来，把烦恼和不快都丢给地上的乱发、泡沫中的胡须和鬓发。

表舅最拿手的技艺却是吹风定型。头发理得再好，没有吹风，也显出乡镇干部模样。电视台的主持人、影视剧组演员，都来找表舅。看着一朵朵云飘出店门，一张张笑脸在阳光下绽放青春，二子感觉手艺的伟大，这些进门还普通平常的人，半小时过后就显出明星气质。

大宝谈恋爱，对象近水楼台，是表舅的大徒弟，比他大了好几岁。她的水平就在烫发，火候连表舅都要问一声：小芹，是不是可以拆了？她低头俯瞰那些浪花或者云朵的样子，像在琢磨一件艺术品。两人结婚后，顺理成章地分灶开店，他们想把二子带走，可是二子不愿意。他看着那些明星和演员入迷，成日就研究哪些头上适合顶什么云。表舅常常给他创新的机会，也乐于给这个年轻人打下手。爆炸头、中分头、大波浪等样式成为表舅店里的象征，而这些点子，都是二子学了港台明星样式创新的。表舅的店仍然红火，大宝的店却艰难维系。哥哥几次劝说弟弟跳槽，甚至提出入一半股的请求，二子都拒绝了。几次三番，索性自己开了店。没有帮工，表舅把儿子送了过来。

二子骑车回家的心情远不如来时轻快，一些疑问盘旋在他心头。没由头地，细雨就下来了。刚开始，他还在雨中昂首挺胸，迎接湿润中微微带香甜的雨丝。河岸边，一丛丛鹅黄的迎春花开放，在暗夜里显得特别明亮。他微微欠身，似乎要仔细观察水和花。雨点子渐渐大了，河里的声音随之大起来了，催促他赶路。店里还有几个客人等他吹风定型。看着雨势，他觉得客人几乎要白白做头了。

书包架上空空荡荡，一年多来第一次碰到这等光景。吴瘸子拍着二子肩膀把他送到院子里。机器的声音停止了，工人和技师们正在整理工器具。吴瘸子含糊地说断货，大家都得耐心等上几天，并且低声告诉他，几天后可以打电话来问问，有货就过来领。外快的路基本断了，二子对几天后打电话的结果不抱希望。老老实实回店干活，他又不甘心。水街邻居老刘有句经典话：尝过鸦片味道的，哪还会留恋香烟呢？现在，二子一个脚已经跨出理发店大门，收回脚步或再跨出另一只脚都面临抉择。他把龙头一拐，进入与理发店并行的小路，三子的店就在不远。

三子有独立开店的想法时，不敢跟二子说。每天收工后，往对门老刘家一坐，喝茶抽烟聊天。老刘是抄水表的，本地路路通。职业改变人的性格，据说老刘还是小刘时，羞涩又腼腆，不善于表达。做了抄表工几年，烟不离口，喉咙响亮起来，泡壶茶坐在家门口，路人中有一小半跟他打招呼。屋里更是谈生意的接洽处。塑料粒子、钢材、木材、瓷砖等等词汇，在那些人嘴里盘来盘去，三子偶尔进去一听，就被百万、千万级的数字吓到。到底成交了没有，赚钱了没有，大家讳莫如深。只是老刘家天天晚上灯火通明到午夜。

三子找门面找对了人，老刘一搭话就开始介绍好门面和市口。这个挺好，那个更不错。三子越听越困惑，父亲给点、自己凑点，勉强能开出个店，要求不能太高。二子，甚至大宝现在还在弄堂深处、新村旁边开着店。

老刘收回话题,往实处讲:"按照以前的规矩,徒弟不能与师父在同一个区域开店,抢师父生意。现在好点,但是也不能开得太近。"

老刘的一个朋友前脚把久拖房租不还的旧书店主赶走,三子后脚就进来打扫卫生。每当三子把垃圾往河道里倾倒的时候,他都会往河对岸瞟几眼。影影绰绰的灰白建筑里,二子的店在那。

为了这个事情,二子和三子好多天不讲话。老刘出面劝慰,加上时间久了,似乎总能抚平一切问题。二子只提出一个条件,离开他三个街区。算上那条河,勉勉强强达到要求。三子又把老父亲搬出来请二子一顿酒,两个人就这样和好如初,面子上开心和气。但是大家知道,分开了,心也就散了。

二子刚刚在水街破墙开店那会儿,老刘就来了,说既然开了店,水就得算营业水价格,单价高出一倍多。在房东兰姨目光示意下,二子跑出去买了两条红塔山,匆匆用报纸一包,塞进老刘胳膊肘。以至于后来很长一段时间里,每次二子在老刘家喝茶聊天,习惯性地认为老刘扔给他的红塔山还是自己买来的。老刘家前门对着二子的店,后门推开就是小河。他们在河里洗菜、洗衣服,且及妇女在河滩上用棒槌击打男人们的衣服时,二子双眼红了起来。

里下河地区也是这样,他母亲只是在更广阔的河埠不停地洗衣服,别人家的衣服。母亲不在,他就没有东西吃。父亲总在忙与吃饭无关的事情。大家都去广州、深圳、上海等地打工,父亲仍然在家摆弄一个个木胚子。二子在边上用一根芦苇挑起大红朱砂漆,在墙根展示小小髹漆匠的水平。

老刘的头当然由二子包办,二子忙的时候,三子就在老刘头上练身手。只要老刘不点头,三子就永远在上面咔擦咔擦地剪着。妇女们喜爱二子吹出的造型,更对他清秀羞涩的样子着迷。冬天,整个理发小屋散发着浓烈的廉价香波味道，经验十足的老刘说，一股女人的闷骚味弥漫其间。三子就说，难怪我的鼻子过敏了。二子笑笑，继续在女客人头上慢慢地烘烤。

她们最热心做的一件事，就是帮二子找对象。这个介绍的二子去看了，那个介绍的没有去，矛盾就产生了，从经营的角度讲，三子劝二子，凡是介绍的，来者不拒。渐渐地，三子变成二子的代言人，嬉笑之间，阿姨们也得到了满足。

兰姨的老公是货车司机，常年开的是广东线。他们说这些司机都有固定情人，一条线开过去，每夜换不同情人睡觉。兰姨特别关照二子，她不给二子介绍对象，甚至恨那些多事的大小阿姨。

那是一个雨天，黄梅天的湿度让她肩膀酸痛，甚至抬不起右手。一个大眼睛、瘦高个男孩手有点抖，指着雨中濡湿的招租纸片，问她开理发店是否可以。她本来想招个工艺品店，哪怕胭脂店也好，她怕闹。但是看到这个男孩的一瞬间，她改变了主意，为什么不可以有点热闹呢？

兰姨有时会怒不可遏，尤其是看见有些手在二子身上摸来蹭去，看见有些人说着说着就往二子身上靠。她一把拉过二子，训儿子一样："好好做生意，不要动不三不四的念头。"

这个女人在吃醋。这句话像刮旋风似的，在水街转来转去。

三子的店门口三色灯已经关掉，店堂里只留了一盏小灯。三子的帮工出来应门，说老板晚饭后出去到现在没有回来。二子掉转车头准备回去。帮工又嘀咕一句，老板可能在水街下塘的什么地方。水街下塘不长，两三百米样子。如果水街勉强能够单行一辆汽车的话，那么下塘并行两辆自行车都有点危险。从桥堍冲下去的时候，二子只能把精力集中到跳动的龙头上，路面和河面都是黑魆魆的一片。整个下塘都沉静下来了,只有粮油店的旧仓库里透出明亮的灯火,隐约传来切切错错声,人影闪进闪出。

二子进去的时候,三子正在指挥装货。时间看来很紧迫,他只对二子挥挥手,嘴上继续点着货物数量:"五十,好了好了,这次就拿一件去。"

几个等货的人在书包架上装上纸箱,捆扎结实,颠颠簸簸地上路。二子看到三子学着吴瘌子的样把货发走。两人在门槛上坐了下来,河水轻轻流动,无声无息。

"我们辛辛苦苦地画啊描啊,这么大的一件只领加工费一百五十元。"三子感慨。

"我听说成品工艺扇买六七十元,宫扇要百元以上,是真的吗?"

"有的店开价还要高。"

"吴瘌子赚得厉害啊。"

"他的时代过去了!"三子站起身来,学着赤卫队领导人样子,捡起一块石子,往河里扔去:"现在大家都开始做,吴瘌子垄断不了了。"

问三子拿货?二子自己都感到可笑。设定的程序原来是这样:吴瘌子是老板,我和三子充当伙计,伙计对老板负责。现在有伙计翻身做了老板,原来的弟兄,还能一样吗?二子陷入一段时间的沉默。

"我准备把理发店盘掉,明天就把转让启事贴出去。"干事业的心,三子比任何人都强烈。

二子似乎规劝的心情都没有了。初春略带寒意的夜里,这几小时,一切变得太快。他是手艺人,虽然学手艺为了挣钱吃饭,但总觉得手艺高于金钱。他接受吴瘌子外发加工扇面,每天晚上在花花绿绿的世界里专心畅游，已经成为他的生活习惯。

店面的灯全部熄灭，兰姨就开始炖红枣白木耳。二子爬上里间阁楼，不管酷暑严寒，他总撑开那扇仅有的小窗，静静地描画。此时，他一遍又一遍地想念父亲，每一笔都是在为父亲未完工的作品添上分量。调色、用笔、渲染，他回到少年时代，用心接受遥远时空传递来的父亲的指导。关上窗户，兰姨的白木耳也炖烂了。二子从来没有说不好吃，大多数时候，他沉浸在画中，默默地喝完，道声谢就再回阁楼睡觉。他如果说一声今晚的木耳特别香甜，那么女人会兴奋地一夜微笑。

他并不是注定要做剃头匠的，他觉得自己生来就是做艺术的。大宝把理发店改造成工场，任何单子都接，工厂化运作，千篇一律很僵化。三子的店，价格低廉，一个个波浪在三子眼里就是一张张卷起的人民币。表舅岁数大了，外面店越来越多，他把店关了。但还有不少人找上老人家门，他就当作练练手。二子常常在下雨的周一早上去看老人，大家都闲着，聊天喝茶。不管他们谈了些什么，回来的路上，二子总想象成两个艺术家的一次聚会。哪怕一句话也没有，对坐也变成一段佳话。

他即使在做最卑微的活计，也带着喜悦。扫头发的时候，他发现头发粗细不同，人的性格也不一样。洗头的时候，他让温暖的水流经客人头部每一个穴道。梳头的时候，他想到瀑布、溪流和里下河地区的水。他开始琢磨人，什么样的人需要什么样的发型。有时并不完全依赖脸型、头型，他告诉客人应该改发型的理由。深藏在客人内心的欲望，常常一下子被激活了。

店里的广告都是二子自己设计、制作，顾客都认为是广告公司做的。兰姨当然是知道的，她把"我们二子就是灵巧"这样的话讲出去的时候，大家都大声附和着：我们二子、我们二子。吴瘸子年轻时就住在水街上，整天懒洋洋地摆出画家样子，随手涂个东西什么人也看不懂。兰姨想弄懂，一来二去，两个人像真的一样黏在一起。虽然最终好事没成，但是兰姨热爱艺术的心却一直火热。

有雨的周一早上，兰姨带二子去吴瘸子那里。其实是二子骑车带她，她躲在大大的雨披里。书包架一颠簸，二子清新健康的味道就发散出来，她少女般羞红了脸。

吴瘸子忙得要命，没有时间与两个来路不明的人说艺术上的事情，他现在是商人。兰姨很着急。二子却不急，细细地一个个车间看下来，认真观察每一个交货人的水平。

园林周边工艺品店越开越多，商品越来越全国化。吴瘸子看着一家又一家国营工艺品厂关门、转制。当家门口檀香扇厂也关闭时，他感到机会来了。正宗的檀香扇原料贵、工艺精、售价高，不适合低档工艺品店。他开始大量生产、加工香木扇，香精可以几年不挥发。价格比较低，游客也承受得起。二子去的时候，苏州的香木扇市场都认吴瘸子，大家都跟着他做。

二子要求拉一箱回去试试，吴瘸子并不在乎，只是卖了兰姨一个面子，每把扇子多付二子五毛钱加工费。

刚开始时，兰姨也爬上阁楼帮忙，颜料、墨汁、毛笔等准备完毕，她就在小方桌边织绒线。被烙铁烫出简单模样的扇面，冰冷僵硬。二子扫了一眼样稿，便勾勒、上色、填充。手仿佛不再是他的，父亲宛若神明在指挥着，这么顺畅、这么自然，他的眼泪滴在飞天的飘带上，与云朵一起飘飘欲仙。兰姨把扇子一把把摊开，一箱子货有多种图案。夜半的阁楼，神话传说、佛教故事、风花雪月等等铺天盖地。兰姨祈祷能给二子带来好运。

吴城往事

第一次交货，仍是兰姨陪着去，三子借了一辆黄鱼车，三个人和一箱货。吴瘸子大大地吃惊了，当场让二子画一幅。对此，兰姨既得意又愤怒。二子描摹了一幅《金陵十二钗》。吴瘸子一手柳体，在黛玉身边写下："侬今葬花人笑痴，他年葬侬知是谁。"二子顿时觉得湿润的空气里传来桃花的香气。字与画配起来，似乎成了艺术品。吴瘸子点评他的勾画技法、用色敏感度，他却已经听不进去了。他实在不想管洗头、剪发、吹风那些俗事了，他急着要拿货，拿最有难度的货，天黑就关店门。

三子也嚷嚷起来，二子只好分一些活给他。看着三子胡乱地涂色、勾勒，他很难过。他以阁楼堆不下货物为由，不让兰姨再上阁楼。三子的货，给兰姨看到，有点对不起她。事实上，二子还是想多了。吴瘸子并没有因三子画得差而大批退货，也没有因为他画得出色而另外堆放。货，还是一样的价钱卖出。理发店仍然满负荷运转，二子似乎找到了理想和现实之间的平衡点。

普通的理发店，更普通的外发加工，一年多的时间里，二子经受了很多冲击。

简单重复劳动，单调的上色技法，他早已烂熟于心。不允许创新，不能够发挥自己的才能，他将注意点向加工费倾斜，也总能从吴瘸子那里预约到高档货。

老刘有事没事就托个宜兴紫砂壶来店里，只要对过不传来杀猪般的"还不滚回来"之类的厉声叫喊，他就一直沉醉在浓浓香味当中。阿姨当中有这样一条黑鱼精搅和，大家都生动妩媚起来。除了兰姨。

她越不睬老刘，老刘就越往上贴："今天这件短衫好就好在将透未透上""脸色这么苍白，昨夜睡得不安稳吧。"

他似乎一直有空，针对阿姨们的质疑，他解释说，领导早就要让他做小头头，但是他就喜欢清闲、宽松，坚决不被蝇头小利所牵制。他对大家笑笑，又朝兰姨努努嘴："她最知道我想什么。"大家哄笑起来，说老刘今天断黑回去，要跪到明早太阳升起。

才二十二岁，二子的腰就不灵光了，颈椎也跟着僵硬。老刘说会推拿，吓得二子逃上阁楼。他觉得不远处有一个很亮的目标在引领，虽然不知道具体是什么，但是他认定不是理发带来的。而现在的描摹，又看不到突破口。

一天，他把头伸出天窗，午夜的水街上空，流淌着一条雾带。他闭上眼睛，将自己融到雾里，随着水汽，钻进弄堂、客厅、天井，在香樟树、杨柳树、黄杨木等等枝叶间游走、缠绕。激动了，一下子直上夜空；疲倦了，紧紧地贴着石板街爬行。彻底的自由，还需要形体吗？他眼前闪过一幅幅水墨画，化身于雾才能得到的观测角度。他不敢睁开眼睛，摸索着碰到小方桌，摸到笔。睁眼就画，一幅接一幅，像吴瘸子车间里的印花机。早就躲在被窝里打"俄罗斯方块"的三子惊呆了，游戏机掉下钢丝床，两节七号电池跳了出来。

看着沮丧的二子，三子把兰姨刚炖好的汤端给他。一张张画摊开着，没有一张达到二子化身成雾看到的那些水墨画效果。他怀疑自己的创作才能，或许，父亲暂时从他身上离开一会？

"我还是一个不同寻常的手工艺家，现在只是准备阶段。"二子这样为自己打气。至于准备什么，怎么准备，他觉得应该不会是理发师这条路，虽然他凭着技艺在水街一带声名鹊起。

那天天黑得比较晚，天太晴朗。店里客人流水般没有停过，早上吞了一副大饼油条后，二子就没有吃过东西。连上厕所都一直憋着。抽一个空当,二子飞快地奔向桥边的厕所。转进厕所的时候,光线一下子暗了下来,脚下一绊,他往前扑倒小便池前,心里暗自骂了句倒霉。这个念头还没有转完,头、背、脚和屁股就挨了打,不光是脚踢,还有棍棒。那几个人都不出声,黑暗中喘着粗气。二子把身子尽量蜷起来,还想回头偷偷看个大概,头上就来了一闷棍。接着一双皮鞋狠狠地踩住他的右手五指,使劲碾了几碾。三子把他唤醒的时候,他看到一个个鬼在面前晃,有的披着长发,有的顶着一根根小狼牙棒,有的头发张牙舞爪。

阿姨们也不嫌弃,听到三子的叫喊声,都冲到男厕所里,一人一条胳膊一条腿地往外抬二子。兰姨一面骂着,一面把大家往自己房间引,让二子平躺在大床上。她又急忙奔出去,借电话呼叫120。刚往回走,想想又不对,再返回电话边,嘴里嘟囔着,一定要把这帮杀千刀的捉起来。她向派出所报案的声音,传出好远。水街上,一个个头都伸出门窗,仔细地听着,辨识着。

既不能理发,又不能画画的日子,二子被大家逼迫着去相亲。阿莹就是这个时候兰姨给介绍的。看着二子被绑架着去约会,看着一个个稀奇古怪的姑娘进出理发店,兰姨显然是生气了。也许在一个没有星星和月亮的阴郁夜晚,她终于想通了,二子总会离开水街,会结婚生子,继续他的生活,而她会在有一天突然被告知,二子将离开,可能永不会与她相见。想到自己的命运,和即将老去的躯体和精神,她想到一个词:继承。

阿莹是她的外甥女。动到这个念头后,兰姨像被闪电击中,从床上一跃而起。她拉开窗帘,天还麻麻亮。她管不了许多了,收拾齐全,整装待发。在湿漉漉的石板街上行走时,她分明闻到了玫瑰的香味,而她四处观察,却根本没有玫瑰花。

阿莹读书不灵光，职业技校只读了两年就辍学在家。不是她不努力，可功课就是上不去。也不是与社会上团伙有关系，她哥哥就是盘门地界上小老大。她长个国字脸，细眉毛下一对丹凤眼，大家与其跟她约会，还不如找一个社会关系纯洁点的。

阿莹脾气好，人也坐得住。她帮哥哥看夜市服装摊，热情周到，生意还不错。兰姨到姐姐家的时候，阿莹还在睡觉。兰姨说二子其他都好，就是老家是苏北的。

但是她又话锋一转："其实我们的爷爷奶奶不也是从苏北逃荒过来的？"她指着沿河的那些棚户，"他们，还有他们，不都是那里过来的？"

阿莹隔着墙，一边听，一边在心里盘算自己的未来。等兰姨一走，她就马上起来。她要去看看水街上的那家店、那个人。她是有主见的。

后来，她依偎在二子怀里的时候，时常会说起那桩偷窥事件。"你知道我第一眼看到你在干什么吗？"

二子笑着回答："肯定是发呆喽。"

"不是。"阿莹眯起眼睛，似乎在认真回想那个阴霾沉沉的早晨。

"一个年轻人在屋里忙。另一个右手打着绷带，左手把鲜红的'二子发艺'店招牌艰难而仔细地贴到大玻璃窗上。"阿莹也伸出左手，比画着，二子感到她手滑过的地方，成了一片红海。

"我刚听过阿姨说你的事情，他们打伤你，就是逼迫你离开或者关店。你换上新店招牌，很有骨气。我回家对哥说了，他也佩服。"

二子又陷入无助，"我也没有办法，为了吃饭，我只好撑下去。我没有其他本事。"

老刘暗地里找到些蛛丝马迹，托了几层关系，摆平了一些人，帮助二子渡过了那个难关。二子觉得阿莹勤快又不咋呼,加上兰姨撮合,两人越走越近。

二子解开绷带重新上手后,春节快要到了。店里的生意迎来了前所未有的高峰。阿莹过来帮忙还不够,又请了一个帮工。其实再多帮工都没用,大家都冲着二子来。他只能像机器一样不停地剪发、吹风、造型、定型。要求高的顾客烫发全套都要二子来做。吴瘸子急得嗷嗷叫。三子看看时机成熟,就要求把画包给他,指定要他服务的不多,他不愿干辅助工的角色了。那个阶段,夜晚的阁楼属于三子。他飞快地画着,觉得自己应该独立了。一过年,他就提出自己开店的要求。

从水街下塘回店,骑车只需要五六分钟,但是二子却走了很长时间。他开始恨大宝,为什么偏要投靠表舅做理发生意?不少亲戚在玉石雕刻厂、红木雕刻厂或者漆器厂工作,大宝还是自私,学艺要快,回报也要快。

如果不是这样,他应该可以坐在园林般的工厂里,静静地坐在工作台前,对着一块玉石,或者一段木料,精心地打样、描摹、雕刻、打磨等等。四季的轮回,消散在桌上一杯清茶袅袅升起的热气中,消散在铿锵有力的一段扬州评话里。如果有一位沉静的姑娘,也在附近的工作台边,时不时地过来切磋技艺,线条、色彩、刀工等等,他一定会有很多话可以讲。那是多么美好的生活。但是,都被大宝毁了。

"把理发店关了。"这个念头冒出来的时候,二子正好看到阿莹送走最后一位烫发客人,然后她往水街上泼了一盆水,关门。夫唱妇随,这也是温馨的一幕。而此时二子看来却异常别扭。他把车子轻轻往对门墙上一靠,拐进了老刘家。

"店这么火红,关了,为什么?"

"表面火红,实在赚不了几个钱。晚上还得做外发加工补贴。"

"店关了,你靠什么赚钱?"

二子就把三子现在的情况说给老刘听。

"你也做,他也做,迟早这样的货没人要。"

二子回来的路上想得比较周全:"我要做精品,质量要超过吴瘸子。"

"如果你这样想,我劝你趁早不要去做,肯定亏本。"

"是的,刘师傅说得对,你这样的想法很幼稚。"阿莹在店里左等右等,二子就是不回来。她出门张望,一眼看见老刘家门口二子的永久自行车,就先在门外听了几句。然后推门进来就说:"照目前的形势,理发店不关掉,也会越来越差,索性关了,倒是有了生路。"

二子骑车载着阿莹,在空无一人的小巷里游走。谁都没有说话,两个人各有各的心思和想法。

春天的午夜,雨早就停了,散发出甜腻味道,不时有失眠的人在弄堂深处号叫几声,夜也就更静了。二子想,命运的剧变,往往都在寂静中完成,伟大的选择通常在午夜里敲定。只是阿莹说的这条"生路"他还没有做好准备。明天天大亮,大家看到"二子发艺"关门大吉,会是怎样的惊讶和猜疑。

"缓一缓吧,等我们有了把握再关掉吧。"

"我知道你舍不得手艺、老顾客,还有水街的老邻居。"

二子把阿莹送到家门口,转过自行车龙头。"你说的'生路',我会认真考虑的。"

以往都是三子到二子店里多,毕竟内心有点愧疚,有时能够帮上二子理几个头，三子就觉得很踏实。三子把精力集中到下塘仓库，理发店基本自生自灭，守店的帮工理三块钱的老人头。一个阶段，二子经常晃悠到下塘找三子聊天。

刚开始，三子觉得很奇怪，二子这么认真的人，怎么会浪费理发时间跟他闲扯呢？几次下来，他明白了二子后面的那双手。于是，他说话谨慎起来。

下塘有一样不好，春天雨水一多，河水涨起来，就会淹进小仓库。二子打伞进来的时候，三子正指挥几个交货的人，往架子上层转移纸箱。二子抬起这些箱子的时候，闻到了浓烈的香味，三子为了赢得客户，比吴瘸子多洒了两倍的香精。现在说起吴瘸子，三子蹦出的词变成了："这个死瘸子，就知道压榨我们的剩余价值。"

二子连忙阻止他："他对我们还是不错的，加工费还是比别人要开得多。"

三子不出声，点查货物。多了有点记不住，让二子在本子上记下基本数。二子望着堆到房梁的纸箱，低声嘀咕："这要多少钱才能进到这多么货呢？"

三子仍然没有睬他，嘴里报着数字。他甚至踏在一只板凳上，夸张地往靠墙的角落张望，终于，吃力地报出一组数字。斜眼看二子认真记数的模样，三子不急着下来，点了一根烟，在上面的感觉真好。下面这个男人马上就要结婚，没房、没钱，靠手艺只能维持生活。兄弟一场，总要给他一条更好的路走。

三子是聪明的，他早就预见了利益场上绝无兄弟的真理。他没有提出与二子合起来做什么，这个工场老板只有他一个。他只是让二子去接接货、送送货。几次三番下来，二子来下塘的次数明显少了。三子可以笃定地在雨季，搬个小凳子，打上一壶太雕，抿一口,看梅雨落在河道,急促得像自己拉响"老虎角子"般爽脆。他觉得是放手搏一场的时候了。

梅雨降临的时候,二子和阿莹正在决断,他们还找了兰姨、老刘和阿莹哥哥商量。二子把摸到的小商品市场现状概括成两句话:加工市场利薄,销售市场空间大。

二子用他最熟悉的散装洗发水来说明问题。"生产厂家卖给批发商一般在十块钱一升,批发商批给零售商十五块钱一升,零售的家伙提个桶拎到理发店,讨价还价一番,我用十八块拿下。最后的环节,我用在客人身上,那可不是以升来计量,用一次算五块,只用掉了几毫升。最大的赚头在我这里。"

他到三子的上家和下家去看过好几次,上家就是一个竹木工场,规模比吴瘌子的小得多,只负责扇子成材和压花定型。下家专门向全市各景点兜售成品扇子。一把毛坯扇子从竹木工场出来,到三子手上八块钱,三子加工成品,卖给零售商是十五块。

"我最近特意去那些园林边上的工艺品店转了一圈。不看不知道,看了吓一跳。"二子流露出来的兴奋,使大家感觉这就是一个手艺人的眼界。

"我不知道店主是以多少钱批发来的,但是我最熟悉的扇子,挂在那里,一般的要七八十块,宫扇之类的要百把块。"二子与阿莹交换一下眼神,继续说:"当然,客人都会砍价,即使砍一半再转弯,也是店主在整个过程中赚得最多。"

阿莹对小店小摊有一种自然的亲近感。她帮哥哥看服装摊时,经常拿着亦舒的小说看。书里人物的命运,潮起潮落,一点一滴都洒在她的心头。她就是要被安排,被宿命。她等着、策划着,被人改变生活轨迹。

吴城往事

二子还是比较稳重，他把理发店转租给别人半年，而事实上与兰姨的合同还有两年。他和阿莹在虎丘山脚租了一小间门面房，付了一年的租金。

老刘笑着说："有艺术天分的人，开工艺品店，这就叫：乌龟爬门槛，但看此一翻。"

又一个春节要到了，二子发屋里挤满了人。冷不丁，店门被推开，新客人嚷嚷道："落雪了，落雪了。"二子停下手中的剪子，阿莹从汩汩热水中抽出手，夫妻俩同时望了一眼水街当空飞舞的雪花。此刻，他们心中却是温暖的。再冷，有这个热闹拥挤的店，还有店后的小小新房。

这个店的大玻璃上，鲜红的双喜字贴在"二子"的前面。想要沾喜气的，奔着打折的，齐齐而来。大家吃着喜糖，剥着大红塑料纸包裹的芦柑。雪珠开始敲打门窗，水街极少有这么绵密的雪，人们窝在小店里，沉浸在童话般的哄笑中。

二子知道，三条街外三子理发店早就歇业，下塘的旧仓库也被粮油店收回堆放年货。那些里一层、外一层的货物，三子被迫廉价处理。非但三子躲不过这场劫难，整个工艺品市场都遭受重创，幸亏二子选择了开店，而不是囤货销售。

浙江商人看中工艺扇的商机，大批货品入苏，成品批发价降到十块钱，甚至更低。吴瘸子最早预见到这一变化，初春的时候就悄悄转行。三子正做在兴头上，大把大把进了许多本地货。一天，突然货一件都销不动了。二子的店把工艺扇的零售价从七十降到了二十，后来又降到了十五，还是问者寥寥。浙江人进而全面掌控苏城小工艺品市场，本地企业、工场绝大多数退出。二子进货价被垄断，挂牌价又不敢高。两头夹击，他和阿莹大热天守店十个小时，心里却冷得像下雪。

三子最后一次到虎丘山脚下,已经是秋天。一百年前,正山门荒凉冷僻。现在,游客、商贩挤作一团,但是真正的赢家是谁?二子和三子很茫然。他们在小店门口的秋风里,坐了半天,游人无数经过,都没有停下脚步,甚至瞄一眼小店都不愿意。

工艺品店门前萧条,真丝围巾在廊檐下瑟瑟发抖。小吃店的看家本领,也无非是臭豆腐、炸里脊、烤墨鱼等,景区周边臭成一片。几片早黄的银杏树叶飘落到他们脚下,二子想到了闹哄哄的理发店,霸道的大宝,和气的表舅,还有水街上那些喜欢轧闹猛的人们。刚开始,他离开他们,而现在,他们似乎已经把他忘记、抛弃。

三子要去做兰姨丈夫同样的行当。长途跋涉,不断地用新的景色装点自己的梦想,他不走回头路。他站起身来走的时候,送给二子一把扇子,当初他们在吴瘸子那里加工扇子时,三子留下了最精美的观音像配《心经》的一把宫扇。

老刘混杂在阿姨堆里,像在做社会调查。

"小广东承包这个店不到半年,就把我头发做坏两次。"

"头发剪得像锅盖,水平太差,话也听不大懂。"

"长得又黑又矮,就这副样子,还整天色眯眯的。"

"对的,手脚也不干净……"

杂乱中,老刘把她们喝住:"好了好了,现在二子回来,一切都好了。"他拿出一张红纸,大声宣布年初三婚礼的时间和地点,请街坊邻居一起去喝喜酒。

按照行规,大年夜后,店要歇业。年初五一早爆竹声中迎路头菩萨,打开一年理发店的新生意。

年初三晚上,喜酒过后,二子和阿莹推开阁楼的小窗,大雪后的水街寂静无声。每一景、每一物，在二子眼里都是那么妥帖，连那辆靠在老刘家墙角的永久自行车，也在深深地入眠。阿莹轻轻对二子说："水街真美啊。"

这时，远处传来几下炮仗声，屋檐的雪似乎抖动了一下。二子想起三子送他的宫扇上的一句经文："度一切苦厄。"在自己认为最理想的时段，生出一点贪念，为过去的一年平添波折。

他记得表舅刚才在喜宴上，拉着他的手，反复说的那句话："我们的指头，就是挂剪刀的。"他觉得还不全，最重要的是心，心静了，不向外求，一切都顺了。

后天，肯定是好天。

甜酒酿

老宅像封闭鸟笼,笼门一开,我就飞出去。

摊手摊脚地躺在几片破旧草席上,我也觉得是享受。即使广漆地板也不允许直接躺下,老宅规矩就这么严。现在,阳阳输了,他奋力举起大蒲扇,对横躺的我扇八下。我享受着炎夏午后的慵懒舒适。摸着细腻水门汀,想起更加深沉的豆沙,要是配上一块赤豆棒冰就完美了。再过些时候,我们就可以进行冒险。但是之前,我还得跟阳阳先比个高低。

五子棋靠的是智商,我比阳阳大三岁,就经常接受他送来的风。阳阳阿婆坐在家门口,大杂院进门第一家,马路上嘈杂声音轻易穿过破旧的门洞,在空荡客堂里打转,她似乎没听见。硬毛板刷一下又一下地刮下脏物,水酱油色,散发着臭味。阳阳赢了我一盘,我连忙把风扇向门口。她用绍兴土话嘟囔一句,我们都没有听懂,只见她从水里拎出一片片塑料碎块,缓缓地走向家门对过的向日葵，向日葵头高高扬起，一边接受阳光，一边迎着塑料布滴水。绍兴阿婆望着太阳嘀咕几句，这下我听懂了，她怕下雨。

我飞快地穿过马路，轻手轻脚，在知了不知疲倦叫声的掩护下，绕过竹榻上打鼾的外公，拿了五斗橱上一盒火柴，转身奔出老宅闪进塑料布丛。阳阳已经挑好几块小的，又较干的塑料布。我一直难以理解，无论什么东西，阳阳家总是缺的。点子大多他提出，一旦实施，他就两手一摊，没这没那。

但是火柴我倒不怪他。他家烧饭引火我没有看到，阳阳爸爸抽水烟确实不用火柴。那是一副黄铜水烟壶。晚饭后，阳阳爸爸都要吸水烟。二舅点起一根"大前门"，看着马路对面人行道，嘴角对我一撇，"'黑皮'真的不怕麻烦。"我嫌二舅啰嗦，索性搬个板凳坐到对面，和阳阳一起看吸水烟的过程。天全暗了下去，黑皮融入夜色。他装烟的时候，眼睛透过镜片跟踪过路的行人，一有年轻漂亮女人经过，头从左摇到右，或者从右到左。但我并不在意，因为马上要点纸捻了。黑皮从小布袋里拿出两小块黑乎乎的火石，在长长的纸捻顶头"咔擦、咔擦"打着火，一有火星冒出，他连忙吹几口气，"噗"的一下，火苗蹿上了纸捻。他灭了明火，纸捻插向烟丝。他并不着急，含一小口茶水，轻轻送进烟管，黄铜壶发出"咕噜咕噜"的声音。阳阳告诉过我，那只烟壶是祖宗"绍兴师爷"留下的唯一遗产。黑暗中，纸捻一明一暗，烟丝时红时暗像一条毒蛇吐着信子。壶里声音轻快悠长。一颗流星划过星空，我想绍兴师爷正在暗处听着他喜欢的"咕噜"声。

在划着火柴的一瞬间，我突然就想到了流星。阳阳刚开始拿了最小的塑料布，一着火，塑料就化作一点点火星，迅速扑向地面。阳阳手撤得晚点，差点被烫到。顿时，空气中弥漫开一股焦臭。压制住紧张刺激心情，我们从向日葵后面偷偷看绍兴阿婆动静。她不知道又忙什么去了。我们盯住一块大的，阳阳不敢再拿在手上，顺手取一根丫杈，叉住，高高挑起。我划着一根火柴，手有点抖，居然灭了。风大了起来，连续几根都没成功，我一狠心，三根并一根，幻想着连续不断的小火团浪漫优雅地从半空掉落。可这不是一片普通的塑料布，火一燎上，就剧烈爆燃，伴有噼里啪啦的声音和浓烈的柴油味。阳阳叉着一团火，哇呀呀乱叫，原地打转。我大叫："扔在地上！"一个火星爆出来，烫到他手背。他双手往前一送，一团火倒在架子上。霎时，我在七月的阳光下，感到了更为强大的热力。整架塑料布开始燃烧，我和阳阳做的事情，只是把架子拉倒，用脚踩。火势开始蔓延，焦煳味伴随黑烟扩散。惊恐使我们逐渐后退。战争、毁灭、末日来临等等想法，瞬间集中在我脑子里。

　　一条白影快速闪出，手拿被单，盖到塑料布上，随后又往被单上泼水。明火不见了，刺鼻烟雾开始蒸腾。大家上前，忙乱地你踩一脚我踩一脚。绍兴阿婆也走出房门，拨开围观的邻居。"白妹啊，你也太浪费了，新被单就往火上扔啊。"旁边邻居打圆场："阿婆啊，刚才要不是阳阳妈妈紧急灭火，现在真要火灾了呢。"

　　白妹没有睬叽叽喳喳的人们，掸掸身上灰尘，径自走进里屋。阳阳似乎仍处在惊恐状态，站在原地不动，绍兴阿婆一边捡起半焦被单，一边拽起阳阳手，把我扔在院子里。向日葵低下了头。我抬起头，黑皮穿着皮裤，一瘸一拐拎着渔网和鱼兜拐进大门。我侧身与他错肩而过，还没有完全穿过马路，耳后就传来阳阳杀猪般的嚎叫。

　　太阳就要落山，老街上一张张小饭桌摆到人行道上。井水一桶一桶洗刷发烫地面，蒸汽过后，饭菜上桌。黑皮家是特殊的，只有黑皮雄狮般坐到街面。二舅喜欢观察，捧起青边碗喝泡饭时，用手捅捅我,"黑皮这只赤佬封建意识浓的,总是吃独食。我看翘脚没有哪样配得上白妹。"白妹似乎喜欢穿白衬衣,即使三伏天也不像其他妇女短衣短衫,仍是的确良长袖白衬衫配奶白长裤。她把饭菜端出来,阳阳把零拷的五加皮倒进玻璃杯。黑皮每天吃鱼。害得二舅低声咒骂:"工作不正经做,每天去捉鱼,他以为自己是浪里白条啊。还每天吃鱼,笑话。"他狠狠地咬了一口萝卜干。

其实鱼也就是最普通的鲫鱼或者鳊鱼,但是经过白妹手,就起了变化。红烧鲫鱼,背上开了小花刀,不肯多用油,锅底抹油,小火干煎。白妹耐心好,鱼皮焦黄后放酱油和葱姜,淋上料酒,收汁后鱼肉蒜瓣似地在微皱鱼皮下争相鼓噪。黑皮规矩蛮多,鱼不翻身,不吃头尾。阳阳鱼头吃得太多,想必以后非常聪明。那些鱼头,我也只有对着咽口水的份。于是,我对黑皮有了切实的愤恨。我试探阳阳,你妈妈这么能干这么辛苦,却吃不到好的等等。阳阳却还是吸吮鱼头,不接话头。黑皮喝干最后一口黄酒,用筷子敲敲碗边。白妹出来收拾碗筷,一块抹布扫尽小桌垃圾。她动作极快,眼都不抬一下。一黑一白,在最后的日光下模糊了各自的界限。黑皮胡乱哼出两三句越剧台词,白妹的背影一怔,随后消失在门槛里。

街上有风了,不少人伸伸懒腰,拎起藤靠椅,回房睡觉。也有的索性肚子上搭条毛巾,倒在竹塌、竹床上打起了鼾。黑皮赤膊,一锅接一锅吸水烟。路上再没有女人走过,他就斜眼望路灯下密密匝匝的飞虫。阳阳早就摸进房间睡觉,我也从来没有撑得过黑皮,他用蒲扇扑打蚊虫的节奏胜过催眠曲。

那个晚上是例外,我异常清醒。二舅在讲胡大海力托千斤石的时候,我就瞄到黑皮的反常。纸捻经常灭,烟刚抽两口就被他"噗"地吐出来。几次下来,他推开烟筒,拿出皱巴巴的卷烟,弯弯地挂在嘴边,用吸水烟的劲道抽几口,马上被呛到。他的咳嗽一环套一环,气管和肺泡仿佛在撕裂,让我觉得恐惧,似乎没有机会缓过气来。隔了好几分钟,他站了起来,两个路灯之间,一颠一拐大步走着,咳嗽还在继续,但是清亮雄壮了很多。一只破碗挡住了他的路,他伸出跛腿,"啪"地,碗碎在水泥电杆上。二舅停止了讲述,仍在乘凉的乡邻们把目光集中到黑皮身上。黑皮收拾桌椅,趸进大杂院。房间灯火亮起,一会儿又灭了。

白妹从门里奔出来时,大家都没有特别注意。印象当中,白妹是应该上夜班的,匆忙赶班很正常。无聊的我,一直盯着她,跟着她奔奔停停。一个细节被我捕获,后来大家问来问去、传来传去的时候,我没说出来。

夜里很正常,花狸猫张狂而稳健地在树与房屋之间跳来跳去,都没有掉落一片瓦片。隔天听值夜班的二舅回来说,黑皮比往常早出门,却往返几次拿渔具,绍兴阿婆也跟了出来,跟儿子说了几句话。黑皮默默地走了。

外婆正忙着做午饭,我暑假作业涂好,溜向对门。阳阳家门上插了一把大铁锁。我跳着爬上他家窗户,里面幽暗安静。鞋匠回大杂院拿鞋钉,撩起皮裙子跨出门槛的时候,告诉我阳阳和绍兴阿婆一起出门了。我问去处。他说不知道,只看出他们匆匆忙忙的样子。傍晚,我又跑过街去张望。黑暗笼罩屋子,一只纺织娘在里面孤独吟唱。我脖颈后面凉飕飕的。

乘风凉的时候,我一直盯着对面黑魆魆的屋子。也许,眼睛一闭一睁,橙黄色的白炽灯就亮了。但是我眨眼无数次,直到眼皮支撑不下去,还是没有一点动静。我把忧虑告诉正弯腰搭塑料凉鞋扣的二舅,他根本没当回事。我让他夜里值班无聊时,拐过来看看。

他不耐烦地挥挥手。

警察夏天虽然也穿短袖,但是藏青色使他们有别于人群,严肃威严。一男一女两个警察,开了侧三轮,街上鼓起一阵灰。他们下车走向黑皮,侧三轮被我们爬上爬下。我坐在斗里,刚开始想象疾风般扫过大街的威武,便被高个子男警赶了下来。

"是你报的警?"女警颧骨很高,一双细长眼斜睨人。

"我老婆失踪了。"黑皮被围在人群中,正午的太阳像舞台灯光,把他的所有细节都放大了。渐渐地,他越变越陌生。

"家里还有什么人在?"

"我妈和我儿子,他们去老家找了。今天早上托人捎来信,没有找到。"

边上的人开始窃窃私语。男警拨开围观的人,进入圆心,低声与女警说了两句。昂起头,手做驱赶状,"大家都散了,散了吧。"

三个人进屋后,把门掩上。大人们三三两两走开,我们踮脚上去,捅开一点点虚掩的门。一些血腥的词飘进我们的耳朵。

"自杀……被杀……跳河……"

我原本看热闹的心,一下子变得沉重。我隐约感到,那天夜晚,白妹奔出大杂院后的那个细节,会是一个重大线索。在阳阳回来之前,我任何人都不说。向日葵被看热闹的人踩得歪歪扭扭,我把最大的那棵扶正,找了一根小竹竿,用塑料带捆扎好。太阳下,它重新扬起头。黑皮送警察出门,脚上还套着粘泥巴的塑料胶鞋,一副蔫了吧唧样子。

女警最后关照几句,抬腿进车斗,把衣襟往下拉一拉。男警在几十双眼睛注视下,几乎跳起身来,右脚狠狠踩下启动杆,一声轰鸣后,油门一紧一松,摩托车当街掉头。他们的眼神直勾勾地望着前方，光荣伟大任务正在等着他们。

随着侧三轮腾起的灰尘，大家散了。没人去问黑皮情况。阴凉的墙角、凉风飕飕的备弄是小道消息传播地。我有意无意地东听听，西凑凑，居然摸出一些稀奇事来。

同样操着浓重绍兴口音的朱阿爹也吸水烟，但壶却是锡的。摆在他面前的还有一副超大象棋，棋盘对面的人正歪头思考。他咳一声后，大家注意力就集中到他唱戏般的讲述中。

"其实，绍兴阿婆根本不用去老家找，白妹在那里早就没了家。大家看得出来，白妹长得标致，黑皮邋遢不算，还有残疾，两个人说什么都不配。但是，天下事情就是这样蹊跷。"

他吹了一口纸捻，咕噜咕噜连吸几口烟，烟雾盖住了他的脸。"白妹爸爸是越剧编剧导演，妈妈是小有名气的演员，'文革'一来，越剧受到的冲击最结棍。大家知道为什么？越剧没有男演员，都是女扮男角，而且剧目没有不说情道爱的。演员改行也算了，碰到白妹爸爸是个耿头。跟造反派讲道理，好了，一家门被打成反革命。白妹是子女中最小的，在剧团其他人帮助下，逃了出来。"

旁边人插科打诨，"肯定白妹走投无路，绝望中投湖自尽，被正在钓鱼的黑皮救起，白妹只好将就地做了黑皮的妻子。"

朱阿爹根本没有睬他们。重新装上一锅烟，缓缓地说："她逃到苏州，躲在离这里不远的姨妈家。躲一个月两个月都没事，时间长了自然不行。"

朱阿爹的声音渐渐低了下去，见故事到高潮，大家急着往里凑，硬把我挤了出来。我在大人的腰际裤兜边挣扎。听到的信息不大真切，与散场后二传手们的言论对了对，基本还原了白妹的经历，连阳阳的情况也搞清了。我怕阳阳自己不知道，急于第一时间告诉他情报，我每天坐在门口，对着大杂院的大门，等待他的出现。

故事在我肚子里一天天发酵，每天我都在更新一些细节，到后来，我自己都判断不出哪些是朱阿爹亲口说的，哪些是邻居们传的，哪些是我自己加的。同样令我烦恼的是，哪些应该讲给阳阳听，哪些决不能说。我的小凳子渐渐往门内移，终于有一天，蟋蟀声压过了寒蝉，街上没人再乘凉。大门悄悄地关了，饭菜回到客厅八仙桌上。明天就要开学，阳阳看样子是不来读书了。我一面有失去小伙伴的不适，一面却又有某种解脱。

"黑皮'进去'了！"二舅推开大门，自行车前轮还没过门槛，就大声叫出这话来。大家都吃了一惊，放下筷子，等着后续播报。

"据说就是前阶段来调查的两个警察，侧三轮一横，挡住黑皮的归路。那个男警察像老鹰捉小鸡一样，把黑皮往后座上一顿，呼啦呼啦带他进局子。"二舅还在为黑皮能够坐上侧三轮而愤愤不平。

"具体什么原因倒不清楚，听讲跟白妹有关。"他见我竖起耳朵在听，就含糊地说个大概。我的理解，不仅跟白妹有关，极有可能就是白妹去报的案。想到这一点，那天白妹出走时的细节又在我脑子里放大。

绕过公共厕所，就是小土墩，外公告诫我不要爬这个墩，阴气重。我爬上去的时候，几乎每家灯都亮了。他们都以为白妹匆忙而走，拐弯去上厕所。而我却一直盯着她身影不放，她腋下有个蓝布袋，看样子有点分量，她双手都抄到布袋底下托牢。小土墩上有几棵高大朴树。她先在朴树间一闪，我立刻警觉。随后，她把布包拎在手上，在朴树间又一闪，消失。

我再次近距离确认了这几棵树。下坡的路即使没灯也好走，迎面是一排红砖宿舍楼，我有几个同学住在楼里。躺在床上的时候，我常会想到那些同学。他们也在睡觉，但却躺在空中睡，楼房不可思议。你睡在我上面，他睡在我下面，一层一层重叠着。万一地震，怎么逃出来？他们都是一个数字代码工厂的职工子弟，父母来自全国各地，与我们说话，神气的普通话流露优越和自豪。但是他们打不过我们，经常被我们拽进弄堂修理。他们从不到我们地界来，我们也不到红楼房。

我迷失在红楼房公共走廊里，公共走廊当中是公用厕所间，除了有人和打不开的，我都上前凑到黑乎乎的坑洞前张望，似乎厕所是寻找白妹的唯一线索。其实，除了厕所，我其他门都打不开。

每个坑洞都带着肮脏秽物，气味令人作呕。但越这样，我越忍不住探头探脑。终于，全部走廊和厕所都检查完毕，我站在最高的四楼西侧走廊尽头。双手抓牢水泥栏杆，头探出去大口呼吸。空气里好像有桂花香，但时间还早，我不敢确定，总之是甜甜的香味。月亮滚圆，无云衬托的月球孤傲冷峻。连吹来的凉风，我都认为来自宇宙。

突然，地面一点红引起我注意。再仔细看，一点红又一点红，星星点点散落在墙角、路边。有人点着蜡烛，烧着锡箔。我随意地在周围走走看看，烧香烧纸的多是中年妇女，也有夫妻档，神情严肃，有的还对着墙壁絮絮叨叨。我有时望望月亮，有时看看地上，感觉人就是从这里升入天堂。火烛一起，升天的人就飘飘荡荡地回来了。

一个白衣女人引起我注意，与其他人不一样的是，她没有烧纸，也没有点蜡烛，只有三炷清香。她面对墙角，无声无息地蹲着，即便这样，白皙皮肤还是非常显眼。我脑子里闪过一个人，但我实在不能判定是不是她。等我再转回身来，墙角已经没人，连香灰都没有，我是否产生了幻觉？我低头往外走，一头撞在一个人身上。这人高大壮实，他用手臂把我挡开的时候，我看到腕部有一只刺上去的手表，手表盘内居然还刺了长短三根针。我想抬头看他的脸，却只看到侧面。

居委会里传出消息，黑皮暂时出不来。组织上安排人进黑皮家里看看。居委会主任和一帮女干部，戴上红袖章和口罩，拿着DDT喷壶，推开了房门。曾经热闹的房子，黑皮离开后没几天，竟已经有了霉味。阿姨们冲着屋子一阵乱喷，我闻到了斩尽杀绝的味道。突然，主任惊叫一声，阿姨们迅速围上去，围观的也想借势轰进去，被一位胖阿姨狠狠堵在门外。里面的人，显然乱了手脚。从犹犹豫豫的情况看，也不像大事，否则马上要报案。

天边飘来一片云，雨点没由来地乱砸一气。她们急急退出，主任在门上挂上一把新锁，回家收衣服和被单。消息像雨雾般溅出，到达老宅八仙桌，自然由二舅宣布。当然每一个细节都加入了他的元素。

"灶屋是必须消毒的地方，主任亲自带队，每个角落都不放过。她打开焙窠厚重的稻草盖，一只瓦罐躺在正中。她掀开盖子，一股香气溢出。满满的一罐甜酒酿，从形状和气味判断，酒酿发得很好，而且正在最好当口上。米酒汪在当中圆圆的缺口里，这个缺口显然不这么圆，似乎被一把小勺子挖去了些，看上去像个猴脸。她们没有找到小勺子，更没有找到尝酒酿的人。照我说，她们说是下雨回家，还不如说被吓退的。"

我就不相信有什么猴脸，肯定又是二舅造出来的，但甜酒酿应该是基本事实。空屋不会制造酒酿，二舅又开始说一些黑皮的"野话"，捉鱼捉虾多了，弄了个"田螺姑娘"，做好甜酒酿等他回来。

这简直胡扯,黑皮的口味老街上的人都知道,除了五加皮,最多抿点一两装的粮食白酒。酒酿连阳阳都没见他吃过。我觉得大家都把信息指向白妹,却谁都不肯说出口。关于这个女人他们总遮遮掩掩,提起她,似乎就会涉及自己某些阴暗心理和不良行为。

"那怎么可以?"二舅在井边跳了起来,这时天已经完全暗下来,我跟着跳起来,阻止他这种过激行为。我完全没有想到平时咋咋呼呼的二舅,在干点真事面前竟然这么软蛋。

"算了算了,你不去,我一个人去。"

"主任把门上了锁,你砸锁也是要'进去'的!"

"我不会这么笨的。你不告诉外公外婆就行。"

天很黑,云头遮住了弯月和星星。大杂院的院门永远敞开,门洞里吹出来的风,带着甜甜的桂花味道,要是把桂花撒在酒酿里多好啊。我不停地吞咽口水。阳阳家大门上的锁安静如初。我透过缝隙往里张望,一片黑。我刚想绕到侧面看看窗户情况,突然一条黑影疾步从窗户那边闪出院子。我又惊又愣,等回过神来赶出大院,黑影早已不见踪迹。

窗户大开着,我没有丝毫犹豫就爬跳进去。屋里摆设我最清楚不过,但在黑暗中,还是有强烈的恐惧。我摸到八仙桌,摸到凳子,摸到碗橱,手被碰扎了好几次,最终摸到了焐窠。掀开盖,探手一摸,没有东西。再摸一遍,仍是空空荡荡。二舅说的瓦罐呢?装在里面的甜酒酿呢?

黑暗中,我静下心,回忆刚才的黑影。瘦小、迅速、手提东西,几条线索在我脑子里交错。我没有去找二舅,而是轻轻关好窗,向小土墩走去。我想答案绝不在大杂院。但是那个漆黑的夜晚,除了满街的桂花香和四起的蟋蟀叫,我什么都没发现。回到老宅，二舅守在门后等着我。不管他怎么追问，我不回答他一个字。

居委会主任到底还是请了警察来，还是那两个警察。现场情景又是二舅说的，男警一甩本子，女警板着脸对主任说，以后不能随便瞎报警。侧三轮扬起的灰尘卷进灶屋，主任和那几个阿姨，围着空荡荡的焐窠，久久发呆。

黑皮判刑的消息传出来，大家觉得重了。但是，也有明智的人认为，相比"严打"的时候，黑皮有这种"暗病"、做这种"阴暗""龌龊"事情，判十年，真便宜他了。每次我看到二舅，他身边总是围着一圈人，他的声音时高时低，动作生动夸张，撑腰、挥手，挥手、撑腰。他在模仿电影里伟人演讲。人们哄笑，讪笑，窃笑，二舅指指点点，获得极大满足。只是看到我，他却不提一个字。黑皮事件在孩子们面前隐晦不提，是老街上人们的共识。

也是从这时起，一些情况起了变化。先是大杂院年久失修的大门，忽然间开闭自如。门上装了司必灵锁，连鞋匠腰里也挂上了钥匙带。我问他谁修的，他说钥匙丢在窗台上，捡到就明白了。

鞋匠哼着"不知道为了什么，忧愁它围绕着我"，撩起皮裙子，阔步走向桥边摊头。

秋雨下来的时候，江南的秸秆开始燃烧。每天早晨上学，我就有想哭的感觉，焦煳味带来不安和沮丧。我的伞撞到另一把伞，猛地弹起，我忙着收拾喇叭伞。后来想起来，纸条大概就是那时被塞进书包的。

纸条内容编排成连环画样式，上图下字。图上一男一女。女的双手被吊起，身上衣服被撕烂，点点伤痕布满白皙胴体。男的黝黑赤膊，板牙外露，眼镜腿缠白胶布，左手托一个水烟壶，右手一根纸捻正往女人身上戳。粗看，典型的土匪流氓虐待良家妇女。细看不然。男的穿着塑料胶鞋，右脚支在拐杖里，特别是他脚边倒着一只鱼篓，几条小毛鱼蹦跳在地上。这应该是黑皮。但是被吊的女人是不是白妹，我却不敢确认。她身后画了一只打开的瓦罐，似乎汪汪的一罐甜酒酿。下面只有工工整整的八个字。字写得既不好看，也不难看。排列在一起，很难判断到底是男的还是女的写的。

"酒酿酒酿，救娘救娘！"

我对着被居委会主任锁住的那扇门，再次展开纸条。雨丝无遮挡地洒在纸上，像伤心泪水无尽流淌。迫切想见阳阳的心，瞬间冷静下来。现在最不忍心最害怕的，居然是直接面对他。我想自己也会变成像这条街的老人们那样，只把秘密藏在心里，缄默不语。

整个冬天，什么事都没发生。春节时一个二踢脚击碎窗玻璃，窜入阳阳家，大家才又想起这一家人。低声交谈几句，又各忙各的去。

白妹回来的那个清晨，我还在春天的朝晖里做梦。

没有人主动问候扫地的白妹，他们对她轻轻点头或者微笑，谨慎小心。她也对他们笑笑。我站在大杂院门口的时候，她看到我，对我笑了笑。我几乎第一次看见她笑，白色的脸颊里飞上了一小片玫红。

鞋匠出摊，匆匆经过门口，"搞卫生呀？"

"哎，是的。脏了呢。"

一问一答，完全不是大半年不见的样子。

当我注意到屋子里还有别人时，街上敏感的人，像二舅之类，早有了闲言碎语。

"白妹居然带回来一个男人呢。"

"据讲是她的表弟。"

"当我们白痴啊。"

二舅要求组织给大家一个说法，态度异常坚决。居委会里全是他声音。鞋匠靠在门框上，插空冷冷讲了一句："她再怎么样也看不上你这只癞蛤蟆的。"

居委会主任上来一把拉住拔拳头的二舅，严肃地代表组织说话。

"白妹现在的行为完全合法，受法律和组织保护。至于一些情况，你们不必知道，也不用去打听。街坊邻居之间好好相处才是真的，不要再疑神疑鬼了。总之，做坏事总会有报应的。"

大家哄笑一声，各自散去。

过了不久，二舅就失去了愤恨，还常常去对面串门。那个男人特别符合老街女人们设定的好男人标准。除了上班，该做的家务样样在行，样样不偷懒。体格健壮却低声细语、有礼貌，乐于帮助阿姨或大姐们提个米袋、拎个水桶。在朱阿爹面前又特别谦虚，好学却不多话。经常买些烟、啤酒和熟菜与二舅他们一起聊天，但是他吃喝都不多，照二舅的话，那是讨好大家。我反问二舅，为什么要讨好你们呢？二舅这个那个的讲不到点子上。

"这个人是有点怪。"

"怪在什么地方？"

"说不清。似乎太完美了吧，就觉得里面是不是有假。"

"和黑皮形成的对比太强烈了吧？"

"他没那么简单。身上有刺青的。"

"比如手腕上的手表？"

"你也发现了？"

其实，我去年就碰到过这样的手臂，但是我不想告诉二舅。知道的事情越多，内心就越有一个声音警告我，"不要说，不要说。"

白妹肚子一天天大了起来，表弟的提法她再也不说了。男人搀着她进进出出的时候，向日葵开得正艳。大杂院正在变得干净、安静。我已经很少去那里了，少了杂乱气息，我怕自己再不能想起曾经亲密伙伴。

从种种迹象看，老街人正在忘记黑皮、阳阳和绍兴阿婆。朱阿爹有一次吸水烟的时候，不经意说起一个绍兴亲戚来，说他在绍兴乡下碰到绍兴阿婆，她现在与女儿生活在一起，闭口不谈苏州的事情。

平静生活总是过得很快。转眼间，白妹在大年夜生下的女儿已经一岁半。一家三口围坐在矮桌前吃晚饭、乘凉，像极了美满家庭。整条老街都欠白妹似的，追捧着白妹女儿，不仅吃的、用的，还有竭尽全力的奉承话，统统献上。孩子皮肤白皙、眼睛滚圆，成为老街明星。只有我不理睬他们的盲目行为。我观察着孩子，脑子里的另一端是阳阳。我选择了孩子很多个关键点，的确都与阳阳对不上号。

白妹要回老家的消息，又是二舅第一个说出来。他告诉外公外婆的目的，是想让他们早点准备好要送的礼物。外公想了想，踱进书房，拿起毛笔，在一张红纸上写下了"悲智双运"四个字。用信封装好，让我送过门去。

男人露着标志性笑容，说感谢外公赐墨宝。白妹把手上的孩子交给男人，展开红宣纸。一时间，她呆在了那里。第一滴泪水从脸上挂下来，她才惊觉，立刻转身跑进里屋。我长那么大，从没有听到过如此令人心碎的哭，孩子跟着也哭了，路过门口的街坊阿姨、大姐们停下脚步，用手绢、衣襟、手指擦着眼泪。"作孽哎。哎，作孽。"几乎只有这一种声音。我看看里面，又看看外面。黑皮和阳阳的痕迹已被清除干净，向日葵换成了正在盛开的凤仙花。男人焦躁地把女儿从左手换到右手，在门槛前踟蹰。他手上的刺青似乎做了处理，不再扎眼，甚至需要仔细看，才能认出来。某些痕迹正被渐渐清除。

台风来了，家家户户闭了大门。风停雨歇，阳光重新出来，白妹一家走了。他们走得匆忙，连房门都没锁，两扇门"啪嗒啪嗒"打个不停。没人看到他们走，传言告诉大家，他们回了白妹老家，绍兴。

组织上都会善后。居委会主任不久又带了人来看房子，大杂院的房子都是公房。黑皮当初租房居住，现在既然不再向房管局交纳租金，那么组织上就另租给别人。租房的人没住多久就搬走了，接着又换了几家人，我们都来不及熟悉，他们就搬走了。

我猛然觉得，一切都在加速。但是，加速前往的方向，我却不得而知。就像二舅，整天嚷嚷要辞职做生意，问他准备做什么，他除了说得出赚钱这一终极目标，其余则是迷茫。其实我也一样，书读得很无趣，打算随便进一个技校，毕业后当厨师、电工、司机，甚至木匠，我都愿意。只要我能做自己的主，能够自己生活下去。但是，被老师劝阻，我只能继续进入高中学习。我天天到小土墩，有时坐着，有时躺着，什么也不做，不到断黑不回去。

我至今难以判断，那天是不是做了一个梦。当时我躺在长条石凳上，四条小径在石凳前的高凸处交汇。阳阳出现的时候，我没有认出他。直到他叫我小名，我把那张正在拉长的脸压缩到可以接受的范围，"阳阳"这个名字就从我嘴里蹦出来。我跳起身，望着比我高出一个头的阳阳，竟然产生了恐惧感。恐惧大多来自对陌生事物的不确定，可阳阳于我曾经那么熟悉，几乎每天厮混在一起。那个夏天，我和他的关系就此断绝，并且我清楚地知道，这样的了结，不能修复。憋了多年的话，在这个瘦高个少年面前，一下子化为乌有。我什么都不想说，什么也说不出。

阳阳说话的腔调，来自电影。"你的情况，我都知道。"

这一句话，倒是勾起了我最想告诉他的隐情。"朱阿爹说你是黑皮和白妹领养的。"

"确切地说，是被白妹领养的。"

"那张图是你塞进我书包的？"

"也许是吧。你可能早就知道许多事情真相，所以说获取真相的手段绝对不止一个。就像生活在这里的，看上去是一群人，其实有好几群。他们井水不犯河水，互不干涉。但是一旦起了冲突，那么稀奇百怪的事情都会发生。"

我有点明白，却又不是太明白。

他继续说，"白妹抱错了不属于她那个群体的我，所以只有两种结果：要么我加入她们，要么她加入我们。她把满满一罐酒酿带到小土墩，这里有一个我们群体的入口。她再不能忍受那个'太监'蹂躏，要过甜蜜生活。群体接受了她，为她做了该做的一切。只是有一点，个体符号，进入群体后逐渐淡化。"

"你们怎么认出同一群人？我怎么知道自己属于哪一群？"

"平时彼此认不出，但是任务一出，马上有人接单。完成后，又回归普通人。如果你不发生什么重大变故，你可能一辈子就是一个普通人。但是，在你危急关头救你的，一定是你群体中的一个。"

"那些怪异的事情，都是一个群体的人设计、实施、成功的呢。"我边想边说，不料一脚踏空，身体猛地一震，耳边听到阳阳叫喊："当心脚下！"

惊醒时，我仍然躺在长条石凳上。没有阳阳，而朴树间却似乎又有他的声音萦绕。月亮又圆又亮,我在月光下寻找"群"的入口。小土墩的每一片草丛、每一块石头,我都翻一遍。每一个经过的人,包括进出公共厕所的人,都仔细端详。什么都没发现,什么人也没出现。我想解下裤带往树上打个结,头往里一钻算了。这样,我的"群人"就会来救我。但是心里一哆嗦,万一没人救,麻烦大了。

老街拆迁,大杂院居民签约最积极。外公还在跟街道办事员理论、僵持的时候,一辆辆卡车装着鞋匠等老乡邻直奔火柴盒一样的新村住房。

灰头土脸的拆迁工人在拉下大梁前,突然从阳阳家捧出一样东西,顿时聚拢不少人。我失业在家,闲着无事,趿着拖鞋穿过马路去看热闹。从一顶顶黄色安全帽缝隙里望进去。一个工人正在打开一个陶罐。

哦,那是一罐刚刚做好的甜酒酿。

二　姐

　　夕阳把我的影子拉得很长，脑袋尖尖地像把锥子，我摸着头，拐进采香弄。二姐迎面走来。我们擦肩而过，互相没有说一句话，甚至没有多看一眼。每次放学都是这样，我有点沮丧。交错几十米，我偷偷回下头。她短发笔直，后背笔挺，书包搭在右肩，日本动画片里的样子。

　　二姐长得与刚刚兴起的日本动画片主人公很像，圆圆脸上均匀分布两堆浅浅雀斑，一双细细长长眼睛。大姐是滚圆大眼睛，小雄也是"水泡眼"。二姐难道不是他们家亲生女儿？漫长青春期里，困扰我的疑问很多，这是其中重要的一个，由此漫延出去的遐想，没有边际。

　　回家丢下书包，仰头喝干一大茶缸凉白开，胡乱卷起几个本子冲出老宅，我对外婆嚷道："去小雄家做功课啦。"我和小雄站在他家窄小阳台上，数路过采香弄的我们班女生。多于五个，小雄赢我三颗彩色弹子。反过来，我赢他。我们为来回路过算一个还是两个争吵不休时，脚踝被扫帚急急打到。二姐趁焐饭的空当，扫地、擦桌椅、叠衣服、铺被子。小雄爸在看书，小雄妈在织毛衣，大姐总是不着家。每天我都在"日光接火光"中熬到吃晚饭。小雄妈习惯性说声留下吃饭吧，这是提醒我该回去了。有时她会加一句："你二姐都准备好了。"我却更加快了下楼的步子。

一天临走时，突然下起暴雨。我连楼都出不去。外婆应该料到我留在小雄家了。没有餐桌，二姐把晚饭摆上一个矮方桌，小雄爸坐在竹交椅上，抿一口"五加皮"，搛一筷子菜，任何菜到他嘴里都"吱吱唑唑"生动起来。我和小雄各坐一只小板凳，小雄爸对面空着。雨雾翻滚着飘进大门，小雄爸迎着风雨，微微仰头咽下一口酒。二姐给我端来饭碗，米饭在碗里小丘般隆起。菜摆放整齐，简单细致。她们却不上桌，盛饭后搛点菜，在一边静静地吃。二姐靠在窗口，筷子机械地翻动米粒。我越过她的剪影，看到外面那棵正被狂风暴雨打击的柳树，柔软的枝条俯下又弹起，左右挣扎摆脱雨水侵袭。她即将初中毕业，父母对她成绩没有兴趣，近来一直在讲故事。"我们厂又招了一批技校生。""技校生进厂马上能转正。""厂长都讲现在技校生最实惠了。"收拾好碗筷，二姐进东房，拉上房间当中的蓝印花布帘。白炽灯的光芒瞬间分成两个部分，分别投向两张床。门口一张小的是小雄的，布帘内大姐二姐合一张大床。我听见里面窸窸窣窣的声音，小雄折一架纸飞机投进去，"啪"的一声，二姐把灯关掉了。我们瞬间沉浸在黑暗中，我的心被揪得紧紧的。

隔天二姐填报志愿，放弃高中。班主任要家访，被她拦住了。老师坚持让她写下"服从"两个字，她犹豫了一下，同意了。她考了高分，转读四年制中专。小雄爸浓重的河南口音，对二姐的选择，他总是那句话："小孩子的事情我们可不管呢。"他说"小"这个字，发音与吴语相似。说"可""管"这些字，又与"小"字对比极度强烈。外公说评弹演员起角色，特别是官员，一定要走"中州韵"，应该与河南话有很大关系吧。方言里我中有你、你中有我的音韵，让我莫名产生一种亲切感，挡不住偷偷摸摸模仿他讲话的冲动，我想自己祖上有可能来自"中州"吧。他们没有施加二姐压力，只不过平时抠下一分钱两分钱，就叹气说日子难过。大姐到了该挣钱的年纪，却不知道在做什么，他们也从不提起。二姐每次听到这些话，只会加快手上干活的速度。

秋高气爽的日子里，大姐回了家。睡过了中午，睡到了黄昏。小雄爸的巴掌已经拍到大姐脸上方不到一尺，小雄妈怒吼着把巴掌推开："老不死，你关进去，我被抓，他们沿街讨饭，你还有脸动手？要打你去打河南生的野种！"小雄爸涨红脸，收手，背着手，"噔噔噔"走出大门。小雄妈大眼睛红红的，不停用白手绢擦眼睛，"呼"一声关上西屋门。我和小雄对视两眼，写字的手慢了下来。二姐在小方桌上做作业，一边看着旁边煤炉上的米饭。她抬起头来，淡淡地说："老是这些话，烦都烦死了。"

大姐醒来，忙着打扮。不时问二姐："这个发型怎样？眉毛再往上画一点？""哎，我是不是胖了啊？"二姐基本以"哦"和"好"应付。大姐像花蝴蝶一样从我们眼前飘出去，走廊里高跟鞋"咯咯咯"声回荡，不一会儿，采香弄里也有了声响。我挤到二姐那里问她问题，她耐心解答，还笑着说："你怎么也搞得像小雄一样笨了呢？"她的短发也晃起来，碰到我胳膊，我心里酥酥的。她散发兰花般气息，靠近反而没有，远远地却游丝般侵入我鼻子。她低头在纸上一笔一画认真解题，我拿着这些纸片研究，那些笔画坚硬、直来直去的正方形字印在我脑子里。

"乓、乓"，门被猛地撞开，大姐非常凌乱地扑进来，快速钻进布帘里。我们竖起耳朵，却听不到一点动静。她重新出来的时候，头发仍然散乱，眼神飘忽不定，高跟鞋换成了布鞋。她轻轻走到二姐身边，低声催促着。二姐把笔一扔，屋前窗户边、屋后阳台上粗粗看了一遍，坐回小方桌前，简单地说："没人啊。"大姐蹑手蹑脚前后张望，神态渐渐自然起来。一口气喝了一杯开水，拿起一本电影画报，"你喜欢刘晓庆还是张瑜呢？"她声音渐渐大起来。二姐没有搭腔。外面突然响起口哨声和大声喊名字的声音，几个人一起大声在喊，大姐的名字，后面跟着难听的后缀："某某某，×××……"大姐拿着电影画报的手僵硬了，坐在凳子上，脸渐渐失去了血色。

小雄和我躲在窗户后面往楼下看，几辆自行车歪靠在黄色围墙上，三个花格子衬衫面朝二楼喊话。最矮的那个还留着八字胡，喊得最起劲，声音又尖又细。胖子戴着蛤蟆镜，叼着香烟。被一个披肩长发女子搂着的，是个穿着超大喇叭裤的高个子，白白净净，他偶尔喊几声，一喊，另外两个声音就大起来。

二姐什么时候走到他们中间，我们都没有注意到。只看见高个子掰开女子的手，往前走了几步，跟着他移动视线，二姐就出现在我们视线里。我诧异地回头看一眼小方桌，微风正翻动书页和作业本，一支粉红色铅笔掉落墙角。二姐被他们围住，像一瓣广玉兰掉进枯枝败叶中。一阵风吹来，那些枝叶转眼间不见了踪影。刚才热闹的院子，清静下来；那些探出窗户的头，缩了进去，"呼呼呼"，一扇扇窗关紧。二姐不紧不慢地走向楼梯，在她转身的同时，我和小雄，包括躲在我们后面的大姐，都看到了那张黄纸。窄窄的，半尺长，随着二姐的走动，一根火苦般撩拨二姐的背部。

我冲下楼梯，转到她身后，一把撕下用泡泡糖贴在白衬衣上的黄纸条。现在，我和她面对面，她用疑惑的目光仰视我。我忽然发现，自己已经比她高出半个头。我举起那张纸，对着歪歪扭扭的字，一个个指给她看："×××（大姐名字）：逃得过初一躲不过十五。"二姐劈手夺过纸条，撕个粉碎，甩在地上，用力碾踩。"臭流氓！臭流氓！"我没有问二姐下楼说了什么话，使他们短时间离开院子，从留下的纸条看，二姐给他们施加了压力。大姐却一直追着她妹妹，从厨房问到布帘里，"你到底说了什么话啊？"二姐始终一声不吭。大姐又开始哼电影插曲，小雄爸溜了一圈进了门。小雄妈从西屋出来，高声喊着二姐摆桌子吃晚饭。我收拾作业本，顺手捡起那支粉红色铅笔，夹进本子。似乎什么事情都没有发生，这是一个温馨家庭。

冬至前后的傍晚，东屋早早昏暗起来。小雄爸可能累了，和衣躺在小雄床上。我和小雄把头深深埋进作业本里。一阵寒风钻进来，带来一股饭焦香，二姐在外间做功课、看煤炉。我们猛一抬头，两个黑影站在我们面前。"嘘！老头睡着了。"大姐的声音。两人在我们对面悄悄坐下，大姐侧着脸对他笑，他的脸完全背光，我却感觉那张黑暗里的脸应该是比较熟悉的一个人，以至于如果灯火亮起，我会跳起来说："原来是你！"暗暗地，两人亲昵起来，你摸一下，我推一把，大姐还轻轻尖叫。小雄爸在我们身后手脚牵动一下，翻了个身，脸朝了墙。他们立即停止了动作，不久，两只手又搅在一起，在桌子上轻轻滑来滑去。

二姐进来喊吃饭，两只手一下子解开了。"我们不在家吃饭。"

大姐轻声说"我们"两个字时，就像新媳妇回娘家，既脱离了大家庭，又表明根还在原地。二姐还是一句"随便你"打发大姐，她没有说你们。两人站起来探身看看老头，蹑手蹑脚走出屋，与二姐身体交错的一瞬间，门外极度虚弱的光线照到他侧面。我差点叫出声来。贴黄纸条那帮人的头，那个白皙皮肤高个子痞子。二姐把脸扭向墙角。她拒绝将他们送来的礼物交给爸妈。大姐几乎在求她："我们好不容易搞到外汇券，在友谊商场买到的，一定要给他们的。""你自己给。"二姐还是当那个人像空气。高个子先走出门。大姐好话说尽，把袋子往门口一放，快速跟出去。二姐开始盛饭，小雄爸翻身起来。小雄妈从邻居家串门回来，看到门口的东西，随手拿了，放进西屋。

很长一段时间我没有见过大姐，也没人提起她。二姐喜欢上足球，她把电影杂志卖给废品收购站，买回《足球世界》。我很开心，自己崇拜的普拉蒂尼，二姐也喜欢。当时正处在西班牙与墨西哥世界杯之间，法国欧洲杯上普拉蒂尼的完美表现，让我在二姐面前讲起话来滔滔不绝。她只在看足球节目戴眼镜，我有些观点经常惹得她回头看着我笑，眼睛眯成一条缝。紧张激烈时，她对我高声呵斥："不许说话！"射门失败时，她指着我："都是你这个乌鸦嘴。"但是放学路上，我们碰到依然不打招呼，与荧光屏前的热烈形成强烈反差。我甚至想象，只有发生地震、台风、洪水等灾难时，我们遇见才能把手交给对方。又过了一阵子，连见面的机会都少了。

小雄家属于住房特困户，他爸厂里给分了两套房，采香弄的房子要脱出来。我是精壮劳力，搬东西有力量又有热情，二姐给我水喝，让我歇歇再搬，她和小雄住在七楼。大姐似乎连在三楼的父母处都没有被保留房间。七楼阳台上，几只纸板箱杂乱地堆着，破损口挤出几本电影画报,我猜应该是大姐的东西。我熟悉的小方桌,还是被放置到门口,小雄妈说以后就摆摆杂物,反正地方现在大了,靠窗放的正方形带有玻璃台面的餐桌,四个人吃吃饭正好。不知道搬家那天是不舍得启用新桌子,还是习惯使然,我们仍然围着小方桌吃饭,七八个小凳子,把小雄爸妈、二姐都挤出去,搬家的小伙子们饭量很大。二姐学校隔壁技校足球队来了几个小伙子,个子都不高,却个个敦实。最显眼的是一个"扁头",上下奔跑,不知疲倦,多重的东西都敢往肩上扛,我看着这个"愣头青"就想笑,但是二姐递给他水和毛巾的次数多了,我的脸就沉下来。吃饭的时候,"扁头"还不停左顾右盼,其他人都吃好了,小雄就催他,他一愣,不到半分钟就扒完一碗饭。大家看着"扁头"急急忙忙的样子,开心地笑着。我发现,整个屋子充满阳光,二姐的脸红红的。

后来,我上了高中,小雄上了技校。开始每周我骑车穿过大半个城,来到近郊小雄家。二姐开始在工厂实习,工厂一般周日不休息。大姐偶尔出现,还没结婚,身边也没有男人,现在她煮饭、打扫卫生。后来功课紧张,我去得少了,大姐二姐都没碰上。据说大姐又跟一个男人去了南方,这次把纸板箱等都卷走了。二姐做了厂技术员,唯一的女技术员。我仍然看足球,只是不再崇拜普拉蒂尼,一看到电视里的他,心里就梗梗的。

秋雨迷蒙的星期天午后,书怎么也看不进。套上雨披,骑车来到小雄家。他不在七楼,我返回三楼,敲门。二姐开门。她戴着黑框眼镜,电视机开着。她笑着叫我小名,让我进屋,把雨衣挂在楼梯转角口,进厨房泡了一杯绿茶出来。我和她并排坐在沙发上。二姐说,他们都出去了。我说,没事,我等着好了。电视正在播出足球赛，我和二姐一边聊天一边看球赛。外面的天阴着，足球赛大多时间沉闷。时间长了，话的密度就小了。她厂里的趣事、我学校的情况，包括小雄技校的事情都讲得差不多了。很长一段时间，我们都盯着屏幕，没有一句话。我忽然想起"扁头"，就问起那支技校足球队。她转过头，眼神透过镜片发出亮光，认真地说当时父母的话还是很有道理，那些技校生全部被她所在的厂招了进去，分配在数控车间。现在缺技术工人，今后这些人会带来厂里技术、管理模式的变革。他们的表现还是很优秀的。她说话的声音逐渐大起来，时不时地嵌入几个管理学的名词，我坚持认为这是她对事业、对厂的热爱，却不知怎么地，眼前还是不时冒出她下车间与"扁头"在一起研究车床、铣床、冲床的镜头。光线越来越昏暗，我突然想起采香弄的小房子，我离那里很近，几乎是家庭中的一员。现在，小雄爸妈对我越来越客气；小雄烫了谭咏麟发型并且话少了许多；大姐追求幸福的旅程越来越远；二姐身边朋友多了起来，笑容也多了起来。而我却越来越成为这里的局外人。

　　足球赛结束，大门被打开。先是小雄妈进屋，她看着我和二姐，先一愣，却马上把一袋刚出炉的桂花糖炒栗子放到我面前。小雄和小雄爸后进门，二姐跟我打个招呼，又进了厨房。我跟着小雄上七楼。我们在高高的阳台上剥栗子，看新村里穿着彩色雨衣、撑着花伞来来往往的人。小雄说在舞厅跳舞时认识一个女孩子，有机会带给我看看。他们的生活都色彩斑斓起来，而我还在黑白世界苦苦挣扎。我们把栗子壳漫无目的地往下扔，在楼房间形成一道又一道黑色抛物线。楼房像一个个纸盒子，有的窗子里已经亮起了灯火，看似温馨的每个单元格，不知蕴藏了多少的哀怨和忧愁，我永远不可能了解他们的状态。每一户都是一个迷宫，只有拥有钥匙的人才能打开。我没有钥匙,更得不到钥匙。不等小雄妈喊吃晚饭,我就匆匆下楼,在三楼拐弯处顺手摘下雨衣,转身加快步伐。冲出楼房,雨势更大,我用力踩自行车,雨打在我脸上,眼睛都睁不开。回到家,顾不得换湿衣裤,先把那支粉红色铅笔放到五斗橱顶上。

此后一段时间,我总是回想与二姐独处两三个小时的场景。摁下盒式收录机按钮,保尔·莫里亚乐队的《爱情是蓝色的》飘出来。我从书堆里探出头,窗外总在下细雨,淅淅沥沥洒在香樟树上,树叶变得光泽明亮。我却有点伤感,这么长的一段时间,自己的言语,只是数得清的几段,该说的话没说,该问的事情也没问,比如:那年到底她对高个子说了什么?"扁头"是不是真的与她做了同事,甚至有更进一步关系?最关键,关于我,二姐怎么看?我为自己总是不敢切入主题、懦弱个性感到难过和羞愧。

小雄比我早结婚。喜帖也是他转了几个弯才托人送给我的。有些朋友是一辈子的,有些是阶段性的,小雄对我来讲就是后者。他热衷跳舞,喜欢打牌,我有点追不上他的步伐。有一次,他叫我过去。一群人在七楼打牌、跳舞,小雄表演霹雳舞、走太空步,噪音和烟酒味充满整个屋子。小雄介绍我认识他的女朋友,一个跳起迪斯科来双肩与头部一起抖动的矮个子圆脸女孩。我一直注视着二姐的房间,门始终关着,我大声问小雄,二姐到哪里去了。他凑到我耳边说,结婚啦,搬走了。那次过后,我没有再去过他家。小雄也没有与我再联系。人一生每个阶段都有不同朋友,一辈子的朋友很少。回过头看看那些"消失的朋友",可以明白一些道理。青春岁月勾肩搭背、同进同出的弟兄,某一日分别,很自然地打个招呼说再见,却一直没再见。虽然生活在同一城市,许多年不见,提不起碰头的愿望，虽然可悲，却很现实。

小雄的老婆就是那个矮个圆脸女孩，有点出乎我意料。我在闹哄哄的婚礼大厅踟蹰。她先认出我，拉拉小雄的西服，朝我招手。我被小雄拉在他们中间，三个人对着照相机、摄像机咧嘴笑。一个高个子男人在我眼前晃了一下，我有点眼熟。我同时看见小雄爸妈，高个子男人向他们走去，我也跟过去。他在前面叫"爸爸妈妈"，我在后面叫"叔叔阿姨"。一瞬间，他和大姐紧握手的样子跳进我的脑子。小雄妈热情地把"大姐夫"介绍给我。我们握了手，他的手白皙、柔软、冰冷。一个穿白裙子的小女孩跑过来叫"爸爸"，他把一个花冠戴在她头上，女孩大大的眼睛，雪白肌肤，对着照相机摆夸张造型。一个穿西服带领结的小男孩追过来，嚷嚷着："姐姐、姐姐，快去排练，马上就要开始了。"男孩眼睛细小，虎头虎脑，脑袋有棱有角。二姐跑过来领两个小孩，她抬头看见我，笑着打了个招呼，匆匆忙忙拿些东西，转身离去。我有点措手不及，没有一点反应。她转过大门的时候，侧脸喊了一声，马上有人跟在她后面往前走，看背影我就知道那是"二姐夫"，他理了短发，从后面看，更加扁平。

二姐戴着黑框眼镜，头发烫得短短的，走路仍然笔挺、快速，她的男人有点跟不上她的步伐，不停地小跑几步。宴会大厅熙熙攘攘，一会儿他们就消失在人群里。我走进大厅，过一会儿，我应该会见到小雄家的每一位成员。欢快的乐曲声中，一场演出就要开始。只不过今天的演员明天就沦为低俗看客。这是我对"高贵婚礼"的理解，普通人基本上都没有达到高贵的标准，将他们一天之内捧成圣人，隔天就被打回原形，这就是一出低俗喜剧。

耀眼的灯光、浮华的盛宴让我陷入虚幻，不同维度的空间，都有不同故事在演绎，在这个版本里，二姐和"扁头"走上他们的轨道，大姐与高个子的关系错综复杂，爱恨情仇就此展开。也许在另外的维度里，我与二姐是亲人，却与小雄素不相识，不断变化身份的我们，不应在意失去什么。也许，在看不到的角落，感知不到的地方，我们总能如愿以偿。

吴城往事

形意拳

走廊也飘进雨,阿文两只手在空中画圈,胖手指不时点到我身上。"当家老和尚原来是有功夫的!"他头发已经湿了,鬓角那里水滴在晃,刚刚突出的喉结上下跳动,声音一会儿尖一会儿粗。《少林寺》混战那场戏我熟得能够背下来,可现在这个圈子里,阿文是主角,我就没有吱声。不远处教室后门口,一帮女同学在哼唱"日出嵩山坳,晨钟惊飞鸟",恨不能每人手里拿一块手绢绕手指。我望着春雨中的法国梧桐,前几天还是光秃秃的,一眨眼,绿色就爬上去了。一个人心中有了宏大想法,生活里的一切都变得轻而又轻。

当右腿笔直地腾空向前踢出,我似乎看见远处楼房玻璃窗后面一张微笑的脸。"啪"的一声,我将手拍打在回力球鞋面上。身体高起一点,看世界的角度就发生质的变化,"二起脚"带给我愉悦。除此之外,一切基本功都苦不堪言,我默默承受练拳的折磨,心里笑着。云一朵朵从天上飘过，过程很慢，转眼却再无踪迹。

我有过两个师傅，前一个在农场学的功夫，后一个在部队学的，拜的都是山东师傅，所以我练武的根子在山东。两个师傅在一个单位工作，遇上都很客气，但是在我面前都没有提起过对方。部队师傅其实就教了我腹式呼吸和手倒立，从严格意义上称不上师傅。真正教拳的是农场师傅。

师傅骑一辆金狮牌自行车，二十六寸的，他人矮小，脱下外衣显出扎实身板。他话也不多，车往水泥地上一撑，就开始对我们做示范动作。那是一个仓库，看门老头是师傅的亲戚。每个示范动作后，他会低头摸一下板寸头，习惯性的羞赧。阿文有点不耐烦：一个实招都不教，老是叫我们蹲马步、仆步、弓步，真不知道他会不会拳术。

"刷"的一声，我向侧前方跨出一个弓步，手起一个撩阴掌，这是我的第一个拳术套路动作。旁边阿文还在站桩，师傅说他没有到学套路的火候。阿文凸出个肚子靠墙蹲着马步，我有点瞧不起他。练武热情在单调、苛刻的基本功训练中消失。只有阿文无所谓，他四处张望，伸张着粗胳膊粗腿，自我陶醉地叫着喊着。我不敢像他那样把这事当游戏。

功力没到位，却也坚持下来了。年轻之所以年轻，是因为在年轻的时候，认为自己老了。我是这样急于想学套路，仿佛要将失去的时光夺回来，武术巨星七八岁甚至更小就习武。劫富济贫，侠肝义胆，当然还有英雄救美。一切的幻想，都在师傅一遍又一遍地纠正我的动作中一丝一丝地瓦解。我转脸就看得见阿文堆着一脸的肉微笑，他总是在笑，有时候，再严肃的事情到他身上，也有戏剧色彩。我真想揍几拳在阿文敦实身体上，但只要他嘴里奇里奇怪地哼出"我爱这夜色茫茫,也爱这夜莺歌唱",我却不由得在心里跟唱起来。阿文最近一个阶段在疯长,胡须长出来,黑黑地把上唇包围。基本功训练,他的力气增加,胳膊腿都壮实起来,肥膘在收紧。日子一天一天过,平淡得像白开水,但是不能回头,一回头才知道每天都走在滚轮上,不由自主地朝未知地方滚进。物是人非,很快的事情。阿文突然不来上学,也不来练拳。很长一段时间,我没有见到他。提到他名字,大家也都茫然。一天天热下去,阿文的事却越裹越紧,随意就可以丢弃了。

我在大公园杉木林中穿行,每个场地都有师傅带着徒弟在练习,太极拳、长拳、八卦掌等一望便知。我有点不舒服,练了名不正言不顺的拳法,师傅从来不说来路。我从灯笼裤群中钻出来,站到二路公共汽车站前,等着开往仓库的汽车,我没有任何练功行头,热了就赤膊,短裤。天大热,我昏昏沉沉。眼前晃过簇新二十八寸凤凰锰钢车,一个"蛤蟆镜"晃到我面前,叫我名字,我一愣,原来是阿文,喇叭裤、长波浪。"你还去仓库练功啊?有啥劲?不要去了,来,跟我去舞厅,再去溜冰吧。"他的手势很独特,右手大拇指往左耳后挑去。这个胖子流里流气得可爱,还把"斜路子"说得落落大方。傍晚,关上房门,站到五斗橱镜子前,我模仿他头一仰、指头一挑的样子。

师傅只说这是实用套路。水泥地温度很高,我仆步蹲得很深,身体像一条蚯蚓在扭动,边上缺了蹲马步的阿文。师傅不肯多教动作,强调一个动作练几百遍上千遍,才悟到武功的真谛。我在做一个叫"海底捞月"的动作,当我双手把"月亮"捧到最高处,当中就出现一个模糊身影,我下意识地扫了一眼空荡荡的场地。"月亮"沉到海底时,我突然想,师傅就是江湖,江湖就是糨糊,他就这几招捣来捣去。阿文人精,师傅的底子,恐怕早就看透。我艰难地做着动作,师傅碍于介绍人面子,机械地教着我,我始终不放弃的执拗,快成他心病。他使劲把无聊的拳教到最无聊。人情社会里,情面是一张网。师傅托人从农场办病退回城。刚落实好单位,一个指令,知青全部返乡。那个吃情面的年代,他教我们,就是帮自己。我当面没有叫过他一声师傅,背地里却一直把师傅挂在嘴上。

师傅也开小差,把金狮自行车擦了又擦,往飞轮里加黄油,给链条上机油,试刹车,紧前叉,我给他递过去扳手,他接过去的时候,抬起头看我一眼,动作停滞了一下。休息的时候,我们坐在台阶上看车子。"买了几年了?""有三年了。""不会吧?像新买的一样。"一会儿,天变了脸,乌云压来,雨下了。把车子搬到屋檐下,我看对面楼房里的身影,像是在忙着往里收衣被。师傅开始抽烟,雨雾里,烟气左冲右突,一时间,我们就被蒙在烟霾中。雨停了,师傅把烟头扔进小水塘,吱的一声灭了。"来,打拳吧。"训练成了鸡肋。

"嘭嘭嘭",急促的敲门声,夜深人静的时候格外刺耳。我拉开门栓,阿文闯进天井,乌云遮住月亮。他一转身马上把门掩上,靠在门上,呼吸急促。外面弄堂安静如初。直到客堂间,我才看清阿文右手拿着一根链条锁,头上、脸上刮破了几条,肥大的军便服和军裤被扯破几处,满脸血渍、满身污渍。

古城有八个城门,每个门都出英雄好汉:盘门十兄弟、娄门十三棍、胥门八大金刚等。他们井水不犯河水,基本相安无事,平时以观看《少林寺》为主要学习内容,练拳练器械。他们最重"义气",一遇摩擦,就要分出高下来,吃亏的当然不能是自己人。双方或者多方下了英雄帖,某个深夜的街头,一场场群殴械斗,在古老园林、建筑周边展开。人多了，声势、力量就都足了。阿文被他表哥拖去充数，结果发现对方喊来的人数倍于他们。两群人一接触，阿文就和表哥被冲散了，阿文手上链条锁还没扔出去，后背就遭受飞来一腿。"师傅教我的，全没用，一脚把我踢个跟斗，我顺势蹲在角落，双手抱头，不断有拳头、器械打到我全身，脚步声在我身边跑来跑去，我不敢抬头看一眼，亏得下盘扎实，才挺过来。"

"警察来了"的警示传到阿文耳朵里，他马上跳起来跟上迅速向小街巷深处遁去的好汉。后面总是跟着一个穷追猛打的警察似的，阿文跑得跌倒，爬起来再跑，几个弯转下来，躲进老宅。这是阿文第一次"打群架"，即使后来好事之徒把他说成打架天才，也改变不了最初的"银样镴枪头"这个事实。人生的不确定性，给了冒险者足够的兴奋剂。很多时候，一件小事就成全了一个人的大名声。

门敲的时间也实在久了点，邻居马阿姨出来，指指里面："在房间里呢。"她金鱼眼里满是肯定和鼓励，我本想转身下楼梯走了。于是，再次擂门。邻居阿姨悄悄地隐进门里。阿文穿得整整齐齐地来开门，甚至比我穿得还周正。我在他身上"噗噗"打了几拳，抱怨他怎么不早点开门。他笑笑说，没有听见，学着外国电影耸耸肩，很自然的样子。我问伤势好些没有。阿文却问我师傅有没有说教的什么拳，我说不知道。我问他什么时候回学校上课，他说不知道。他不愿意把时间耗费在学校，他的整个家族都在一个"火车头"的带领下，向着南方全速前进，缺的是人手，关键是血亲。阿文被裹挟着，走一条陌生的路，我很好奇。那是条不正经的路子，我显得很正道：读书再读书，然后进一个好单位，安稳过日子，有保障、有福利。我跟他胡吹了半天，他一直在问练拳的细节。窗外，风吹动香樟树叶，我走到阳台上，一个姑娘正坐着看书，长发遮住了她半张脸，她抬一下头问我一声好，又低头看书。阿文说是他表妹。我一时不知道是退回房间还是继续站在阳台上，说什么还是不说什么。一转念，推说还要去练拳，阿文鼓起小眼睛，坚持一起去，他凑在表妹耳边低声说了两句。大门带上的时候，我听见隔壁窸窸窣窣的声音。

阿文站在仓库水泥地上，气质已经完全不同，嘴角带着自信。他走上前与师傅握手，递给师傅一根牡丹烟。浓烈的烟雾，隔开了我，他俩像兄弟。阿文要师傅教实用招数，师傅很快进入角色，把住他的胖手，一招一式地教。那些，师傅从未教过我。鬈发、花衬衫、喇叭裤，视觉冲击让师傅迷糊。一个新时代来了，处处都是机遇。

仓库的水泥地，又开始接受阿文的汗水。暑假里，我和阿文总是在热力还没有消散的黄昏，挤上二路公共汽车，无精打采地看窗外闪过的蜜饯厂、水泥厂、火柴厂、制药厂，那些厂房都披上了金黄色。夏天的草在夜里疯狂地长。我们还在练着不知名的拳术。

很普通的一天，师傅一上来就告诉我们练的拳，俗称"十二接手"，其实是形意拳的一个分支。突如其来的交代，让我们不知所措。阿文坐在台阶上擦汗，眼前还是那座楼房，楼里人影憧憧。我已经在学第十个"接手"了，阿文刚开始练第三手。"师傅恐怕只会这几手。"阿文的声音带着思索。"怎么办？""我们自己练形意拳。"

万年桥下的新华书店，枕着护城河水，紧靠当年接皇帝的码头，散发着烟水气息。五角四分，我出的钱，马上在封底写上我的名字，记上年月日。人民体育出版社一九八一年版的《形意拳术》

成为我藏书的开端。老宅的后天井里，书翻开，用瓦片压着，我和阿文赤膊，不时瞄一眼图例，互相矫正动作。还是吃了文化低的苦头，为了动作分解一句话，争得面红耳赤。我当然不买辍学青少年的账。一套五行拳按照图例和说明练下来，我和阿文打出的拳，南辕北辙。在天井里吵，在马路上吵。到了大公园，偷偷看拳师教动作，又吵起来，几个壮小伙子发现飞奔出来撵我们，我们一路飞奔一路还互相吵。迷恋一件事情的日子，单纯快乐。

师傅突然加快了教拳速度，我和阿文都跟不上。自学形意拳抛到脑后。暑气一天天在消散，远远的，宽大梧桐树叶悄悄落下几片。更多时候，师傅靠在破旧竹榻上抽烟，眼睛望着天空，一只鸽子，一只麻雀，也让他追踪很久。套路就要教完了，秋天到了，我要去学校，阿文想跟表哥去深圳、香港。师傅一天天地在"收"了，仿佛时令一到，他的任务就完成了。

阿文晒黑了，高高胖胖的，哼几首"靡靡之音"。他在幻想阳光、沙滩和海洋。我还没有到过海边。和他坐在河驳岸上，看着脚下缓缓流淌的河水，他说这个地方太小家子气，水也成了巷子，山全是土墩墩。我提醒他，不远的地方有太湖，他说太湖能和大海比嘛。我没有见过大海，就沉默。他说师傅就是小家子气的代表，这么些日子就教了十二个动作，实用招数，恐怕一上战场就失灵。接下来，我们可以什么都不练，师傅不再教我们了，他双手摊得很开：全都教给你们了。

重新翻开《形意拳术》的时候，阿文花了心思。他找来一个沙袋，平铺在窗台上，蹲着马步，"嘿嘿嘿"，左右开弓，布上有了鲜血，双手裹起纱布继续打。我早就不是他对手，我天天上课，他天天打沙袋。那本书一直插在他口袋里，我们总是在晚饭前碰个头，说说学校的那些蠢货，说说舞厅里的表姐们。阿文一直没有去深圳，我倒蛮开心。他说的事情，每一个字我都用心记着，做作业的时候，老会走神。

阿文的皮肤被夏日阳光刷了一层漆，黑漆箍紧阿文的身体，从滚圆到椭圆，个头也在拔高。师傅跟他说话，完全仰视。孙悟空矮小，牛魔王高大，我从边上看过去，他们就是结义兄弟。师傅对我从没有表现出亲密，一招就是一招，一句话就是一句话，不多也不少。我走到仓库墙角，看他们一招一式拆手。初秋的傍晚，风钻进宽大运动服，扫过潮湿微热的皮肤，我连续打了几个喷嚏。过敏体质，是我练拳强身最合适的理由。阿文从没有任何借口，学拳就是学拳，喜欢就来，不舒服就走。每次来仓库的路上，我总是愁眉苦脸。鞋里进了一块小石头，定期的不舒服会提醒我一下，生活里还有这么一回事，要往前走，就要忍着点。有时我甚至认为师傅也是这样，怎么鞋里就多了一块小石子呢？可是，我们都不说话，默默地往同一个目标赶。往后，如果两人在路上劈面相逢，可能会互相不打招呼，这个想法出来，我吓了自己一大跳。

我打喷嚏比较怪，间隔时间短，一口气打出好几个，后一个复制前一个，空山回音的效果。师傅与阿文仍在拆招，都没有回一下头。黑塔般的身子，虽然有点笨拙，但是往往一出手就带一股杀气。师傅显然有他破解的办法，一次又一次将阿文逼到墙角。突然，阿文攒足劲道，往前一垫步，右手直直打出一记崩拳。师傅一惊，连忙跳开。

他把我们叫到一起，说教拳到此为止之类的话。他不像我第二个师傅，什么套路都懂，什么拳法都会。他说只会那十二套接手，也是在农场闲着，跟下放的山东军官学的。形意拳是大学问，他确实教不了。十二接手与形意拳有关联,但只是乡村实用技法,没有上升到拳术范畴。天黑下来,大家在打谷场围一圈,用拳脚消遣时光。师傅表情模糊,微弱路灯光下,我们轻松地说着形意拳,师傅告诫我们万万不能照书本练习,一定要找好师傅。最后,他拍拍我的肩,说我很努力,但是天资不及阿文,阿文虽胖,但脑子活络,能将套路变实用。他还掉介绍人的人情,以后也不会再教拳。他不希望我们叫他师傅,还是叔叔来得亲切。我们与师傅分别的仪式,就是大声地说了四个字:"叔叔再见!"

师傅走了,阿文自由发挥的空间更大了,身边表姐表妹也多了起来。我还是坚持一板一眼地练功,师傅答应如果练下去有难度,随时可以找他。晚上,我阅读郭云深先生的传奇故事,琢磨着"半步崩拳打天下"的奥秘,我固执却找不到门道。隔壁马阿姨看到我又来找阿文,拉住我的手,你看上去老实上进,千万别学他的样子呐。她手指点在我胸口,眼神诡谲。我对她笑笑,敲门进去。阿文招待我的是一杯红葡萄酒,端给我酒的是手里拿过滤嘴香烟的"表姐",表姐似乎对我练拳很感兴趣。阿文在边上说我比他用功许多。"练功都是和尚一样吧?除了你!"表姐轻轻用夹烟的手推了一下阿文,"四喇叭"正传出《何日君再来》。阿文大笑,后脖颈鼓出的那块肉抖动。他很现实地在享受生活,悟自己的习武之道。我却还在苦练十二接手。形意拳没练,书在阿文那里,拜师也不愿意。带着肌肉的酸胀去阿文家,多看几眼他的表姐表妹,被她们说上几句练功如何如何,酸胀就变成了轻快。在阿文的鼓动下,表姐撩开长发,烟雾在游荡,她向我走来,一直走到我跟前。突然,她轻轻地坐在我双腿上,我与她平视,她微笑着,安详而恬静。其他一切都停滞,只有思维在运动。我多想一头扎进她高耸的胸口,紧紧地抱紧她，进入这样一个平静港湾，所有的烦恼都消解。"哈哈哈，果然是木头。"表姐爆发出大笑，一口烟呛在喉咙里，剧烈咳嗽起来。我尴尬地跟着笑，表姐把手已经摸上了我的脑袋，一股烟味和着香气，我看她的表情，正在怜悯一只猫或者一只狗。但是，后面却有贪婪的眼神。我重重地关上门，暗暗发誓，再不来阿文家，身后传来阿文和表姐的浪笑，隔壁阿姨的冷笑。

逃离阿文家，表姐的样子留在我脑子里。我仍然练拳，却不再跑阿文家。狭小的后天井里，部队师傅开始指导我腹式呼吸，他不停地大声说话，呼出的气息一团团白雾，让我着实迷茫。他腆着大肚子让我用力打，每次我都打在棉花上似的。一屏气，他的肚子又像皮球一样鼓起来，把我的拳头弹开。他说："练拳不练气，等于没入门。外练筋骨皮，内练一口气。"他宽大的额头总挂着些汗珠子，一说话整个天井都有回响。我想到了广阔草原，这是在原野里才派得上用场的声音。师傅把我的脚拎起，靠在砖墙上，来回地在我面前蹀步，嘴里说着我听不懂的口诀。我眼前是颠倒的世界，地在上，天在下，我托举起了整个地球，这个伟大的想法，我自己都暗暗吃惊，看世界的角度一变化，带来的收获总是令人惊奇。圆口布鞋踩在小草上，造成的伤害只有眼睛与叶子不到一尺才能感受到。突然间，我想到阿文，但发了誓，我就不能再回头。还有矮小的、严谨沉默的师傅，分别了，才知道他的真实。

外面传来阿文打架勇猛的名声，我闭上眼想象他在棍棒、砍刀和链条锁的丛林里，一掌又一掌把人击倒的场景。他用的是十二接手还是形意拳？群架乱殴，哪还有什么讲究。阿文善于总结经验，身大力不亏，有胆气，关键还用脑子。在胥门一带，迅速崛起。一段时间后，传说就出来了，阿文是形意拳的传人，打架有内功。再过一段时间，阿文变成气功师，会点穴，会手断钢筋。阿文有小弟了，跟在身后，摇摇晃晃过大街，他大概早已忘记跟表哥去南方的事，忘记了以前的那些表妹表姐。胥门八大金刚早已让位给他，在社会上扬名立万的同时，公安局里也挂上了号。我还曾有过幻想，阿文有一天会再被追杀到老宅，我们又能够惺惺相惜。直到老宅拆了，这事情都没有再发生。阿文像空气般蒸发，他的小弟都判了刑。

布告和判决书贴满整条弄堂，我来回看了好几遍，就是没有阿文的消息，就像当初他说不上学就不来一样。没有人知道他确切消息。偶尔提起阿文，或许可能在南方经商、在西部贩卖玉石等等，都语焉不详。时间抚平一切。

我终于见到阿文。在大公园的花坛小径上，他努力试图跨出右脚，佝偻的右手使劲摆脱父母的搀扶。我与他狭路相逢，短短一年时间，我几乎认不出他，差点与他擦肩而过。有一个声音在头顶上空提醒我，那是个特殊的提示，就像一根针在心上扎一下的疼痛和清醒。阿文眼睛始终低垂，他将注意力都放在地面。遍地二月兰迎着他的目光，展示美妙身姿、艳丽色彩。直到我挡住他去路，他才缓缓抬头看到我，一条鞭子抽在他身上，人瞬间僵硬。左手缓缓指到我鼻子，回头对着父母哼哼哈哈，虽然说不出话，但眼里闪出激动。我扶着他坐到石凳，他父母站在边上。

一切来自自我膨胀。打了几个胜仗，阿文迅速走向神坛。吆五喝六过程中，他每天将自己的经历增添调味料。高大粗壮的身材、灵活机智的脑子、势大力沉的拳头，构成英雄传记新篇章。最后一章节，他已经忘记不久前还在仓库水泥地上蹲马步，完全被自己编织的光环迷住，《形意拳术》里的吞吐只练了几天，就当自己是气功师。手下的兄弟敬仰之情，只有一棍子打到头上，响亮地弹开，才证明"神"一般存在是必然和真实。

"这也好，没等警察来找，他就这样了。报应呢。"阿文妈妈坐了下来，轻轻抚摸儿子始终攥紧的右手。一个又一个指头掰开，无奈地看着指头依次恢复原状。"他是傻啊，人家要掂他分量，他居然还把头主动伸过去。"妈妈心疼，大家都心酸。忽然，阿文猛烈摇起头，对着妈妈，哼得猛烈而愤怒。"哎，他老是表示自己有功夫，每次都这样。"我拍拍阿文肩膀，对他竖起大拇指，他平复气息，露出笑容，左手用力敲打在胸口，发出"噗噗"声响。

起风了，妈妈拉起阿文衣襟，爸爸收拾起随身物品，三人缓慢走向公园大门。小径弯曲，他们一会儿挡住夕阳，一会儿又让光线漏出来。一半迎着金光，一半陷入昏暗。我看了好长时间他们的背影，感觉凉意渐浓，就转身从别的门走了出去。

几周后，学校传达室小黑板上有我的名字。我敲敲玻璃窗，门卫大爷让我出示学生证。当着大爷的面，我把写有我名字的信封撕开，一本书掉了出来。《形意拳术》，黄绿色封面。我知道，在封底，写有我的名字。

石　强

那段经历已经过去了二十多年，差不多被汹涌的现实生活冲得无影无踪。偶尔，在寂静的深夜里，脑子里会突然冒出石强和他老婆，两个人站在一起的情形，让我笑出声。但随即而来的是无边无际的黑暗，我被裹挟着，在时间流里飘荡，轻柔、刺痛、孤独、悲伤。我悲叹的不只是最好年华的白白溜掉，还有莫名的对自己无关或者关联不大的事情的缱绻。

我不能闲下来，一空心里就发慌。抄表的日子就像一条蛀虫挖你脑髓，空荡荡的脑子时常产生幻觉：今天应该休息还是去干活？

那时候，我的一天通常是这样的：外面香樟树上有了鸟叫，我才拔出任天堂六十四合一游戏卡，扔在一盒子黄色卡当中，最多的已达二百五十合一，但是精品肯定是专题卡或者四合一卡。躺在床上，精神仍然兴奋，游戏总是以失败告终，明天怎么应对，脑子里要有个对策。迷迷糊糊醒来时间已近中午，慌忙爬起来，骑车赶到抄表现场，老人们开始埋怨我去得太迟，害得他们一上午什么都没做成。还有请假在家等我的，必定是上次多抄或者估抄了，这次要把账算清。我走路像跑步，一个大圈子兜下来，完成现场任务，骑上车往单位赶。

有时候食堂里有菜肉大馄饨，我会提前一天跟同事讲好，替我买一份。我一边吃大馄饨，一边看工段长他们几个打牌。我不是喜欢打牌，而是挤进这个小圈子，让工段长知道我出勤正常。下午做账时间更短，隔壁会计室里几个阿姨要给我介绍对象，她们聚在一起对着我指指点点，吓得我BP机号码都不敢让她们知道。还有个先下手为强的，直接告诉我周日下午三点在小公园大光明电影院门口见面，还不许多问。我本来真的想去，后来几个弟兄过来打魂斗罗第三代，一起劲就忘了时间。

还有几个老师傅也关心我，没到下班时间就约我到一位师傅家里喝茶，喝茶聊天没多久大家都沉默了，我赶紧拆开刚买的红塔山散给他们抽。"还是打牌玩玩吧。"有人拿出早已准备好的牌。第一天玩到晚饭前结束。第二天有人提议来点"浇头"，虽然来去很小，但是我的牌好，还是赢了几包烟钱。打游戏、睡觉、抄表、做账、打牌、打游戏，首尾相接，我天天做白日梦。

我几乎碰不到家里人，打牌回来，他们已经睡觉。我醒来，等候我的只有几个冷大饼、几根冷油条，超过碗沿的油条头耷拉下来。三餐没有规律，想吃就吃，想喝就喝，身体发面似胖出来。父母倒不觉得胖是坏事，只是对作息没有规律无比厌恶。

打牌时碰到一件事，让我对自己也厌恶了。著名的巡抚衙门旁边，有曲尺形弄堂，崔师傅一家就住在折角处的一个深宅大院里。把自行车扛过三进堂屋，来到崔师傅家客堂，没有任何寒暄，坐下就战斗。牌局没有时间，烟雾缭绕之间，我输了，可以站起来说：结束吧。反过来，没人喊结束。

那天难得我开门红，天慢慢黑下来，牌局才开了个头。崔师母手拉着孩子出现的时候，外面一群鸽子飞了起来，骂声被遮挡许多。老崔声音软糯而执着："不要管她，赶快出牌。"孩子被抛弃在幼儿园，独自坐在将要暗透的大教室里。

孩子妈妈穿着纺织厂里的白围裙，戴着白帽子，满脸是汗。她一把拽下帽子，"只知道赌赌赌"，扔下孩子赶回自己的岗位，三班制纺织女工一次只能请半小时假。老崔叼着烟，眯着眼，研究手上的几张牌。孩子哭着喊饿，过来拉爸爸的手，老崔不耐烦地甩开小手。

天全暗下来了，其他屋子传来饭菜香，我们手上的牌张张变得面目狰狞。孩子捧着几块苏打饼干看《猫和老鼠》。电视屏幕微弱光线里，我似乎看到乌黑小脸、肮脏小手。小手正伸过来抓住我心里的某样东西，我不得安宁。我推开牌桌，站起来，没有拿桌上的钱，拎起自行车往外走。漆黑的备弄，长长的甬道，我走了好久，才看见街面上的灯火。灯光里五光十色，我冰凉的手，渐渐热了起来。

那一夜，我没有碰游戏机，坐在漆黑房间里，我对未来想了又想。第二天，我去找了老韩。老韩住在我家楼下，他早早从单位基建科长位置上离职，做起室内装修。他中午也喝酒，我拎了两瓶"会稽山"去。他收下黄酒，但是对我直摇头："工地上杂七杂八的人多，事也多，你应付不过来的。"我说自己闲下来就被人拖去打牌、打游戏，长期下去不是个事。远大理想也没有，空余时间赚点外快，挺实际的。他点点头，叫会计，就是他老婆，帮我印两盒子名片。"项目经理"名片拿到手上，我明白，有项目就有钱，没项目拿不到一毛钱。

老韩的摩托车有股浓烈的汽油味，我坐在后座上，背包里还插着抄表卡，虽然离第一个工地还有点路程，但是我已经强烈地感受到脱离旧生活的快感。

街道办事处腾出整个二楼来搞歌舞厅，我们来到楼下，就听到沉重的撞击声和令人崩溃的电锤声。老韩从背后拍了一下石强的肩，他一哆嗦，停下电锤。老韩介绍我们认识。石强是工头，本来工地上都是他说了算，现在他除了带好队伍，其他都要请示我。我把抄表卡往包里塞得深点。石强比我矮一个头，肩膀却比我宽一半，猛一看像"跳马王"楼云。送走老韩后，我们没有话说了。

他不停地搓双手，木匠总会粘上胶水、木屑，搓几下再握手，表示对人的尊重。但是石强并没有停下来，仿佛要把皮肤都掰开来。我盯着他肥厚双手，走廊里飘来栀子花香味，现实就是这么别扭。一阵电锯轰鸣声后，他突然把手伸进裤兜，拿出一张皱巴巴的纸。他指着一串蝌蚪文解释这是今天工地急需材料，反面记着一些材料商的电话和地址，他把纸头塞给我，扛起一根刚开好的木条爬上梯子。我习惯性地解下腰间BP机，上面有几条单位总机的号码，又是那帮牌友。而我完全不一样了，在一家家木材店、五金店、油漆店里，我掌控着局面。还是那些单位，还是那几种材料，我一下手就狠狠杀价。"兄弟，你这样拼命，我真的第一个碰见。""那是你还没有到最低价。"当我非常一本正经地说出这句话的时候，才感到老板的话里有话。木材店老板笑着说："你小子肯定为你爸妈的公司服务。"我勉强挤出一点微笑，默默吞下别人的嘲讽。

我的账记得很细，以至于过了一阵子，老韩都不让我每天去报账。报账时，他眼一闭，大材料价听进去，一杯黄酒也就下肚。"好"字出口，其他不需要再听。我上午早起，中午到单位交差，饭后跟工段长吹一会牛，发几根烟，看几局牌，然后溜之大吉。我喜欢看石强哭丧的脸，他的无助显出我的灵光。他来自农村。一个偏僻乡村的农民跟上了老韩，就像李逵碰上宋江，前进道路一下子明朗起来。

街道办事处还没有结束午休，工地上静悄悄的。午后光线越发强烈，香樟树上的黄雀也闭了嘴。石强躺在水门汀上直挺挺地打盹，脸上盖了一张报纸，一呼一吸，报纸颤抖。我扔一根红塔山在报纸上，他醒了，翻身坐起来，找到香烟，小心收藏起来。眼前遍地狼藉，工人们都走了，除了帮工小胖。我有点震惊，心里在琢磨是不是应当马上向老韩汇报。石强看出我心思。"我正在从老家往这里调人。"似乎那个村子到处都是备用的木匠、漆匠、泥水匠，似乎这事情最正常不过了。来了就会走，工钱清一下就跑路。走就走了，有活干的地方多着呢。

工人结伙离开石强后的一天晚上，老韩让我和石强一起到他家里去一趟。走上漆黑的楼梯，石强划亮了一根火柴。他并不抽烟，我问他带火柴干吗，他说老板抽烟。我想他兜里一定揣着一包烟。石强身上攒了零散烟，放进一个硬红塔山壳子里。老韩可不抽他的烟。他只是瞅准时机，帮老韩点烟。不点烟的时候就木头般低头坐着，灯光把他矮小敦实的身材扩大成一团浓密阴影。老韩扔给石强一沓钞票："找几个好的来干活，不要把我的牌子做塌。"石强"哦"了一声就出了门。老韩又抿了一口黄酒，点出三张一百元，递到我手上："干活交给石强，其他事情你要多辛苦。这两天热，跑工地累了，买点冷饮吧。"这个意外补贴让我瞬间想起工段长。他没有一天不板着脸，只有被上级表扬后，他才会叫我们小王、小张、小李等等。全工段五六十人，似乎永远不及他一个人的脑袋。公鸭嗓子一响，走廊里回声不绝。不是有人账做错，就是有人表抄错。他把账本扔到你面前，你就感觉这个月奖金已经预付了几副牌钱。

我揣着外快，走下楼梯。在新村门口追上石强。我找了一个街道办的小饭店，要了几个炒菜，几瓶啤酒，和石强聊天。好多人的拘谨，都能被酒精冲开。冰镇啤酒石强似乎特别喜欢，左一杯右一杯。话渐渐多了。一年前，他还是小木匠，工地上不声不响干活，没人注意他。老韩视察工地，从高速运转中的锯板机边走过，绊到电线，锯板机向他倾倒，飞轮直扑他的胸口。在大家都没有反应过来的时候，石强就滚到了机器下面，用肩和背顶住。大家手忙脚乱地恢复正常。石强被老韩看中，做了工头。大家不服他，经常怠工、敲诈，他从不声张，一个人默默把活干好。他喝酒脸红，告诉我做完这个工程，要回去结婚时，头也低了下去。我敬他一杯，他说不用的，我感觉有点奇怪。

街道办的办事员大声叫着让我接电话，老韩在电话里说马上过来，让我和石强衣服整理一下。不知道有什么重要任务，我们毕恭毕敬地站在楼梯口候着。天已经很热了，街道办催得又紧，歌舞厅已经开始上油漆。烟味、漆味、燠热腐臭味，一切都是这么真实，白日梦远离我躯体。老韩上楼，到书记办公室拿了一把钥匙，打开一间办公室。那是一个狭长套间，外面两套桌椅，里面一个大办公台、一个老板椅。我和石强，一个项目经理，一个工程经理，坐在外面，等一位远方客人到来。老韩躲到书记办公室。

重庆客户走进来时，我们差不多在打盹了。我招呼客户坐下，石强出去叫老韩。两人见面差不多要跳交谊舞，你推我让的热烈气氛感染了我。双手举到半空，想鼓掌，猛地意识到这不是演戏。顺势落下，恭请两位大佬落座。去重庆开码头，石强一听眉头就皱起来。客户挥挥手:"啷个大的地方,韩总你太委屈自己了。"做生意,争论到最后,就是个钱的问题。谈判陷入困境。书记偶尔路过门口,立刻被老韩拉进屋子。"远方客人来,我们要好好款待。"书记说了几句客套话,走出房门时邀请客人晚餐。老韩连忙点头:"一定,一定,我来安排好。"受老韩眼神支使,我和石强赶忙"下班"。

项目经理斜背着挎包,手拿抄表本和手电筒,在拙政园大门前碰到重庆客人,无论如何是一件交代不过去的事情。我不再睡懒觉,晚上打几关游戏,接着摊开一张张当天的收据或发票,简单做账,点一下"公款",收支平衡,睡觉。拙政园像是刚刚开门,我已经抄完大半条街。我想装不认识都不可能,两批游客中有一个空当,他和我再近一点的话,就要碰鼻子了。"你还这么忙啊!"这是我听到的最幽默的招呼语。"您游览拙政园啊?好啊好啊。"这是我所能说出的最贴切的话。小小的惊恐,在我离开重庆人后十分钟显现。找了个公用电话打给老韩的大哥大。"哦,这么巧啊?碰上他?不要紧,小事一桩。"我没有再见过重庆人,只知道不久后,老韩一个人去了趟重庆,合同签了下来,老韩陪书记又去了一次。

重庆工程一展开,苏州的工地就匆忙收尾。我穿梭在市中心和枫桥两个工地间,石强有时在这里,有时在那里。夏天快要结束,枫桥工地旁的臭水沟孕育着生机勃勃的小龙虾。石强将诱饵绑在尼龙绳上,刚没入水面,就有钳子抓上来,一提绳子,小龙虾更紧咬不放。塑料水桶一个多小时就满了。石强说工程快结束了,晚上给工人们改善伙食。我突然说,我也参加。石强抬头看了我一眼:"我自己烧啊。"

为了助兴,我跑到枫桥镇上买了一箱啤酒、几个熟菜。燃油助力车"突突突"地在街上跑的时候,我迎着夕阳,微风里有秋天的信息。老韩忙于重庆的事情，两个收尾工程都是我在管理，压力中有兴奋。

一时间，我都很难相信自己坐在派出所的问询室里。要不是正前方那只挂钟僵硬地以电子跳跃展示时间，我就只感觉时间的凝固，空间也不能辨识。狭窄房间里充满十三香的味道，这是石强的手艺。

我认为局面就应当像工段长、街道书记那样把控，讲规矩、守规则。石强也是新手，他把一帮工人从家乡找来，承诺的高于行情的工钱迟迟没有兑现。每天挤牙膏似的动用工程预付款，石强有私心。他怕这笔钱用完后，老韩还没有续款，自己的婚结得会难堪。老韩近期行踪不定，再说石强也没有讨工钱的勇气。吃着我买的熟菜，胡乱地剥着小龙虾，工人们开始跟石强拼啤酒。一切都是由开玩笑闹大的。

老韩把我们从派出所领出来后，第一句话就是："你们谁都不许跟我去重庆。"好在派出所所长是老韩朋友，打架双方都承认酒喝多了，自己人玩笑开大了。

老韩在臭水沟旁暴跳如雷："活干不好，造反本事倒不小，要不是我保你们，全得吃官司。"各色匠人都是面无表情，石强更是把手搓得皮都要掉下来。望着老韩远去的摩托车红色尾灯，石强的眼睛也红了。他要讲故事给我听，黑夜的边缘已经有点泛亮，我急于回家睡觉。水沟里蛙声、蟋蟀声响成一片，他从硬盒红塔山里拿出一根烟，扔给我："我这是第二次结婚。"

我接过他的烟，两个都不吸烟的人，在黎明即将开始的时候，吞云吐雾。郊区的巷子里，这时候有了动静。黄鱼车一辆辆从我们身边驶过，里面装的东西温暖而实在：蔬菜、水果、水产、点心等等。一夜没睡的结果，让我们感觉像警察，不管碰到熟人还是生人，都想说给他们听，这一夜的变迁。我对石强说，今天你就回老家结婚去。你在这里反而影响大家情绪，反正收尾了。他对我看了两眼，转身进屋。

匠人们横七竖八地躺在新铺地板上，每个人都把被子裹得紧紧的。两头尖、当中宽，活像木乃伊。石强跟在大大小小黄鱼车队后面，低头走着，他的背宽得可以盖住一辆黄鱼车。我在二楼阳台上看得清他铺盖卷里露出的一双筷子。匠人的背上就是一个家。我突然觉得他并不是回去结婚的，这个念头一起，打了一个寒战。

石强的确是回去结婚的。我买回大饼油条和豆浆，就叫喊大家起来。关于石强的底细，他们一个比一个清楚。那是个二婚头。村里穷，家里更穷，石强刚成年就做了人家的上门女婿，被欺负得不成人样。老婆在生产时难产死了。石强跑出来打工，想脱离与那个家庭的关系。老丈人指使亲戚找他回去，告诉他入赘等于做儿子，家里需要一个强劳力。工地上的弟兄帮忙，石强挺过一个个关口，拿最低工资，做最苦工作。直到救了老韩。善事果报不断。老丈人去世后，亲戚各忙各的，没人再找石强了。

现在石强要与也是二婚的同村寡妇结婚了，同样来自那个村的匠人们脸上油光泛红，忘记了昨夜群殴的事，尽全力想象着两个二婚头的新婚生活。漆工思维缜密，见多识广，会从高架木梯角度看众生。他通过寡妇"拖油瓶"眼睛看石强，他说感到既愤怒又恐惧；他又通过寡妇眼睛看石强，那一块块精壮的肌肉，就是饥饿时放在桌上的红烧肉。他一说开，噱头就不断。大家懒得干活，围着他哄笑、打闹。我靠在墙角，今天是结账日，不用去单位，选择一个舒服的姿势听匠人们胡言乱语，没过多久，就沉沉睡去。

石强提了一把斧子，突然向我砍来，我不知道如何是好，撒腿就跑，脚像灌了铅，心里动得飞快，脚上只迈出一小步。石强似乎也受了很大阻力，追赶的步伐仅比我快出一点点。我们之间的距离越来越小，他再伸一下手就能砍到我的背。"啪"的一声，石强被一颗子弹击中，倒了下去。一个老头站在我面前，手里的枪还在冒烟。我说那是梦啊，一定是梦。老头面无表情地再次端起枪，对准我。耳边一阵嘈杂，匠人们叫我的名字，似乎出了什么事情，他们试图把我唤醒。我得意地从梦里醒来。问我身边的匠人发生了什么。他们大声地喊着，石强被人砍死了。"是石强砍我！石强被人用枪打死了！"我柔弱的声音一点不起作用，只能跟随他们来到臭水沟边，一个男人趴倒着，背上一把斧子，与梦里砍我的斧子同一把。"那不是石强！"可惜我的话没人听。一群人哄上去，把人翻过来，大家就愣在那里，齐刷刷地回头盯着我看。我走过他们让出的通道，走近瞄了一眼那人的脸，听见一个老头一声冷笑，那脸似乎和我的一模一样。

我醒来的时候，石强蹲在我身边。阳光照在他蓬松的头发上，显出一朵乌云。乌云一颤一颤，石强在动脑筋算账。刚才梦里呼啦呼啦跑来跑去的匠人，正是赶过来领取工钱的。他手上已经没有一张钞票，工地却像打着火的汽车，安静却有力地向目的地前进。我向他描述梦中老头的样子，他说有点像他前老丈人。我问他结婚的事情。他抓了抓头皮："欠着乡亲们的钱回去结婚，这婚没有什么结头了。我准备让她过来，现在人工缺，当个帮工。我们都是这种人了，不在乎形式。"那天分手时，我冷不丁冒出一句："你是不是真的很想砍我啊？"他摇摇大脑袋："我不会砍你，但是……"他指了指身后忙碌的匠人们，"再拖下去，他们真的有砍你的心了。"他转身面对我,充满血丝的眼睛突出眼眶:"你坏了这一行的规矩,你什么都不懂!"我愣在那里,夕阳倒映在臭水沟里,居然也美丽动人。

当晚我去老韩家,推托单位工作忙,不再去工地了。老韩急于开辟重庆新天地,希望这里工地尽快结束,眉毛打了个结:"总归要等工地收工吧。"我再次表示了坚决态度,补充说了一句,石强把工人工钱付清了。老韩"哦"了一下,点了几张百元钞票给我。带上老韩家门的一瞬间,我感觉不会再去工地,不再与匠人打交道,唯一遗憾的是与石强不再相见。

时间就这样平淡地过了两三年。老韩买了别墅离开了破旧楼房。我也快要搬离了,正准备结婚。在不紧不慢的恋爱过程中,我换了好几个工种,终于到了必须按时上下班的岗位。新婚房子是单位福利分房,一个姓曾的老师傅把他才住了六年的房子脱给我,搬到新区住新房子。他已经是第三次

住新房子了,在后来最后一次福利分房中,他又拿了一套新房。而我们总是拿别人脱下的房子,等我们有资历去争取新房子的时候,福利房取消了。

那是一套两居室房子,楼层虽然高点,但是有两个朝南房间。我们很满足。一想到就要离开天天烦我们的老人,我们就加快装修新房的进度。石强,早就从我心里冒了出来。我设法联系到老韩,他愣了一下,随即马上想起我们两个。"石强没有去重庆,听说他要回去结婚。我重庆回来后,就没有见到过他。他也没有联系过我。工钱?我当然全部付清的。"

通常是这样的,到朋友或者同学新房里,感觉不错,就会表扬几句。他们连忙介绍这个木匠、那个漆工。那天我在几家小店买了

木匠指定的几种钉子、胶水后，婚房工程开了工。这是几个小伙计临时搭起的班子，我样样看不顺眼。我想摆一些小工艺品，就让他们做一个小博古架，做了拆，拆了做。我失望，他们也快绝望。出门前，我嘟囔了一句："要是石强做就好了。"一个木匠听见这句话，大声叫我回来："你说的石强是××县××村的石强吧？"

新房占了两个朝南房间的优势，客厅就不通风，靠大门采光。石强和他老婆走进来的时候，屋里暗了下来，我抬头一看，"楼云"后面跟了个"郑海霞"。房子快收工了，他老乡才叫石强过来会会朋友，来早了，说不定生意丢了。他照例几个房间检查一遍，向几个匠人关照了几句。匠人们基本上你说你的，他做他的。只有他的同乡木匠，不时停下手中活，应付两句。那时主卧室流行贴墙纸，我们买来的墙纸要对花样，搞得漆工手忙脚乱。"一米开外看不见贴缝，贴墙纸才合格。"石强三年前就这么说，我们三个笑着站在一米外看墙纸。他老婆不耐烦了，一手把漆工拨开，"嚓嚓嚓"，就把墙纸撕下来，重新上糨糊，一张又一张墙纸平稳贴上去。她一双肉手噼啪敲打后，凑上前仔细对准花样，刷子过水，一遍又一遍地在墙纸上上上下下按摩。她不需要凳子，上下左右封堵着进攻的队员。

晚饭，我们席地而坐，还是熟菜和啤酒。只是我和石强面对的不再是他的兵，也不在臭水沟边。他老婆不说话，躲在他身后，他给她搛什么菜，她就吃什么，从不伸筷。其实她再躲也一直在我们视线范围内。一百瓦施工白炽灯下，她面目清秀，常带着羞涩的笑意。那种大一号的笑意，我理解为包容和大度。啤酒倒进大碗，石强总说，好了够了。与我一碰，却又是一饮而尽。村里的人基本都不跟着他了，小胖都自己拉队伍了，现在的行情，有单子最重要，人一呼百应。单位生意当然最好了，家装他也不嫌啰唆。我问他是否还记得那个梦？他看了我一眼，撺了一大片牛肉给老婆，转过头去的时候，笑着说："什么梦呀，我记不得了。"

博古架我始终不满意，临走时，我请石强指导指导。他顿了一下，拿出卷尺，左量量、右量量，说隔天做好送过来给我看。昏暗路灯下，一高一矮两条人影走得很慢，从楼上看下去，像母亲搀扶着孩子，一步一个脚印地往前进。她似乎回了一下头，她看到的只能是整片的楼房，还有，窗户里透出的各色灯火。

一个大孩子敲开了房门。我把新博古架摆放到位。石强没有来。小弟站在门口没有走。我欣赏了半天才发现小弟有话要说。他伸出两个指头。我关上门，再回头看这件两百元的家具，是石强的还是他老婆的主意，我不得而知。本是一个多好的朋友重逢的开心事，现在飞进了一个有铜臭味的苍蝇。博古架变得匠气十足、面目可疑。我摔门出去。房子开始搞最后一遍卫生。

新婚月余后的一个夜晚，我躺在沙发上看书，目光略微抬起，博古架映入眼中。一米见方的空间分三层，每层随意地分割若干方格、半圆格、圆格，相交处木榫契合。我站起身，细细抚摸，我不懂木料，只感觉细腻紧致，赭红色漆浑厚透亮，暗藏的木纹疏密有致、深浅分明。石强精心雕琢，他老婆的大手包着砂皮来回在木料上摩挲，上一遍漆，磨一遍，如此反复四遍以上。环顾屋中做的、买的家具，竟没有一件比得上博古架的设计、做工和漆工。

我顿时有了打电话给石强的冲动，他 BP 机号码却早被我撕碎。我认为他是一个俗不可耐的匠人。那天我明白了，我才是真正庸俗的、自以为是的家伙。

梅　雨

落雨了，半夜就依稀听见报箱白铁皮"嗒嗒、嗒嗒"清脆声音。早晨雨更大，草坪砖泛起了白花。"夏至雨大，三伏天不会大热"。这个苏州谚语，跟"邋遢冬至干净年"一个道理。梅雨天最像人的性格，捉摸不定。似乎很久没有下这么大的雨了，被雾霾压抑很久的心，期盼来一场酣畅淋漓的豪雨。可是，当雨下在眼前，沉闷并未缓解，随着气压的降低，湿度的提高，心头更加郁结。梅雨勾起的回忆，也同样酸涩隐晦。

我的塑料凉鞋里几乎灌满了水，每一步都发出"哧噗哧噗"的声音。我后悔极了，不应该穿尼龙袜子，现在袜子全挤到前脚掌去了。一个小时前的穿戴整齐，完全变成累赘和笑话。阳伞不知去了哪里，我紧握了一根木棍，对于斗殴来说，显得细了点。从一头残留的一圈粗铁丝看，这显然是一根拖把棍。我一点都不紧张，跟在他们后面快速前进，石板路上的积水厚了起来。我讨厌这傍晚又大起来的梅雨，弄得起哄的心情都没有。

"停！到了。"这是他的声音，赶路和紧张使音调变形。"哎！"，整个队伍都发出这样的叹息。我坐在屋檐下脱掉袜子，开始整理塑料凉鞋。"咣当咣当"，大家把手上的家伙扔到弄堂转弯角。

"荣生，你噱我们吧，大落雨天的。"

他身上的东西比我们多不少，有些是从水果店出发时，我帮他背上去的。

荣生回头看了一眼那张单人铺，上前翻了翻硬纸板，一盒火柴掉了出来，也让我塞进他背着的铺盖卷里。

"还要不要走啊？雨下大了。"大家挑选着西瓜、李子、杏子，归在属于自己的一角。红绿黄的，压住了整个灰色的天。

荣生声音压过了雨声："麻烦弟兄们了，现在没有问题了，大家请回吧。不要忘记拿走店门口的东西。"

我的脚很不舒服，赤脚穿进鞋子的一瞬间，我发现脚剧烈地膨胀了，前后左右都被牢牢卡死，这不是我的脚，那不是我的鞋。

荣生手上还拿着菜刀，水沿着刀锋滴落。他熟练地把刀擦干，放进书包里，抬腿迈向一幢漆黑的建筑。

天完全暗下来。雨还没停止。他和我钻过铁丝网，撑开竹排墙，泥水蚯蚓般游走在我的脚心、脚背。

那是一幢板式四层楼房，突然间在弄堂深处崛起，青砖黑瓦的民居顿时低下了头。

我们上楼梯时，我才发现他并不是像他一个小时前招呼大家帮忙时说的"随便找一间"。他目标很明确，路径更熟悉。四转五拐，我们来到顶层。楼梯连接北面走廊，样式与学校教学楼相似。

他不急着"选"房间，卸下所有包袱、物件，双手撑在走廊栏杆上。他在俯瞰被他踩在脚下的一座座老房子。横七竖八的青黑色屋脊，斑驳陈旧的防火墙，我们在那里进进出出，从来没有想到，有一天，半空中会多一些眼睛来。

以往的大热天，荣生带着我，坐在府衙街人行道上，晚霞里总有我的惊喜，我跟他说想早点工作，刚刚兴起的技校据说挺好，整天不用写字、背书，敲敲打打，混混日子，挺好的。天黑下来，他岔开话题，用折扇不紧不慢地指指点点。他喜欢夜空。夜空中最亮的星，他告诉我叫金星，对着它许愿，天上的神仙会助你成功。整条府衙街上只有他用折扇。连在经常在扇面上题字、画画的老头都不用折扇。老头用蒲扇，拍打蚊蝇。他喜欢坐在弄堂口，嘴里哼着"关公奉命带精兵，校刀手挑选五百名"。那一刻，躁动不安、闷热无聊，都融化在"蒋调"的柔声糯语之中。

即使在楼顶，我也能闻到栀子花的浓香，雨滴非但没有压住香味，反而使香味在湿润空气中弥漫。我的脚还是绊到了东西。虽然我已经做好在黑暗中被绊脚的准备，但是我还是倒了下去。压在一个人身上，头撞在锅碗瓢盆上，脑子里一晕。那人站起来对我当胸就是一拳，我又跌倒在水泥地上。

荣生扑向那个人，扭打在一起。他们滚来滚去，那些家什"叮呤咣啷"满地翻滚。一根根蜡烛汇聚到一起，一张张蜡黄的脸在闪烁的烛光里忽隐忽现。光足够亮的时候，在地上的两个人认出了对方。

"贼胚，是你啊。"

"建国！你个十三点，力道用得蛮足啊。"

"我先来先得，当然要保卫自己的领地。"

"那也不用往死里掐吧。"

荣生拿出一包"飞马",递给建国一根,停一下,看看蜡烛后的脸,随意撒了几根给他们。一阵风刮过,人全散了。

"今天中午小打过一架,刚才大家以为又来反扑。"

"我带了一些弟兄过来,见没有动静,就让他们回去了。"

"没有这么简单的。"

建国竖起一根蜡烛,光环里的烛心,安静地随风跳动。我回头看了一眼梅雨中的府衙街,模糊了棱角的屋檐下,一盏盏不会跳动的白炽灯表达着温馨饱满的生活。我本可以在灯光下静静胡思乱想。但是,荣生已被逐出生活二十年的"家"。

我应当站在哪一边?现在在这里,就是坚决地站在荣生这边。老头的心我望不见。孤独和绝望,我很有经验,虽然我只有十四岁,在潜意识里,我固执地认为:今后的我,就是现在的荣生。

荣生和建国说话的声音越来越小,后来几乎在耳语,还用手指不停比画。我赤脚躺在建国铺开的大草席上,等待袜子、鞋子渐渐脱水。这个过程无聊而漫长,墙上的剪影夸张又混乱,我渐渐进入自己编织的梦境中。当我被吵闹声惊醒时,荣生他们已经到了楼下。失真的电喇叭由一个沙哑嗓子把持,害得我喉咙口总是痒痒的。

我站在棍棒、菜刀,以及废弃渔具、农具后面,阴冷的雨,让我狠打几个喷嚏。

哑嗓子又传递沙皮般声音:

"大家回到自己家里,政府是不会追究的。"

我踮起脚看,模糊中,哑嗓子很令我失望。那是一个文静的小伙子,穿了件白色的确良衬衫。端着喇叭的整条臂膀湿透了,白衬衫下面精瘦的胳膊可怜可笑。

我希望那是一个痞子似的人物,我们一起哄就把他按到,棍棒相加。

抢房的人显然学了电影里暴动的场景：

"我们没有房子，我们回不了家。"

我想到了《瓦尔特保卫萨拉热窝》，静静的街道，一切是那么安详。突然，埋伏的敌人动了手，机关枪无情扫射瓦尔特的亲密战友。

双方对峙，总有一方彻底压垮对方。我的生活经验大多来自战争片。

老头也喜欢战争片。他跟我不一样，认真琢磨当中的计谋、圈套和战术。他喜欢读《三国演义》，偏爱庞统、杨修、郭嘉这些偏才。

当府衙街的一些好事之徒问我：

"整个事件是老头的问题，还是荣生的错？"

我实在回答不上来。既然大家已经冠以"事件"名称，我想还是走中庸之道，来得保险。也为自己留点后路。

虽然厌恶那些游手好闲的城市平民问我私密问题，我却还是要回答。那些家庭里有厨师、渔夫、电工、驾驶员等等，有老头这个教师家庭从不进门的"红烧圈子""油汆臭豆腐"，甚至是"蒜香茄子"。

"老头有问题。"我随手拣了一块肥肠。抹了一下嘴，又迅速挑了一块。吐出第二句"荣生也有问题。"

"切，这个小赤佬。精怪。"围在我边上的人群散开，桌上搪瓷盖碗也不见了。我喜欢实实在在的东西，这点执着，与老头比较接近。

荣生的后背有点弓，他接近姑娘时说自己练功练的，其实就是天生弓背。这种谦卑状态有时很能给人造成错觉。

荣生练的什么功我不知道，只晓得他天天早晨必定在后天井撑俯卧撑。他的姿势有点特殊，手臂紧靠身体，俯卧撑直上直下，肱三头肌特别壮实。俯卧撑架子也是他自己做的,两块三角形木板子,每个角打孔穿上三根接力棒。

我在散发油漆味的俯卧撑架子上要做起一个,需要老头托我一把。后来,我无须帮助。油漆开始崩裂时,我一下子能做上五十个。老头和荣生站在边上看,练身体的好传统似乎在我这里传承。

荣生跟着老头走出客堂时,规规矩矩地向墙上挂着的老祖宗鞠个躬。我们三个都有一个古老而又麻烦的姓氏。"亓"。同学们开始叫我开开,后来有点知识了,就换成"π"了。π的意思就是无休无止地"搞"下去。我们这个姓氏据老头讲,的确与古老而烦琐的礼仪有关。

我双手撑起身体,歪头看到老头和荣生扭在一起时,并没有在意。他们经常掰个手腕、过个云手什么的。我继续撑了五下,粗暴的吼叫声让我扔掉木架子,飞奔到前院。我当然拉住的是荣生,他横起的肌肉,暴突的青筋,里面都藏着愤怒。

"老亓……"

"注意,以后不许再叫我老亓!"

"我叫惯了,改不了。"

他俩穿过客堂的一瞬间,荣生看着门口正在开放的白玉兰,心情舒畅,顺口想对老头说什么。一个称呼出口,命运改变很多,这是偶然中必然的典型。当时,荣生和我都认为这是偶然事件。

后来,街坊说老头一直像只猎豹一样,等待猎物失误。今天荣生不说话,不等于明天后天没有把柄落下。还可以这样理解:前天、大前天荣生都避开了好多沟沟坎坎,今天栽了。

门口出现了很多看热闹的陌生面孔。那些熟悉的邻居,更是硬挤上前,胡乱地说着:

"不要吵,不要打,哎!真的不要动手啊!"

荣生听到"动手"这个词,脑子一热,钳子般的手拍开老头指向他的右手,当胸给老头一拳。老头被凡士林固定住的头发散开来,大包头变成中分,如果贴一个小胡子在鼻子下,就成希特勒了。一群鸽子被叫喊声惊起,回头看见越围越多的人群。

打架、斗殴几乎成了城市基调。我镇定地站在人群后,悄悄握着那根拖把棍。

"我劝大家还是尽早离开,不然后果自负。"

哑嗓子还在喊话,雨下得更大了。雨帘中一辆卡车闪过弄堂口,汽油味道惊醒了荣生。

他惊恐地大喊一声:"撤到房子里。"

"咔擦咔擦"几下子,我奋力将木匠留在毛坯房里的木架子踢散。我拿起碎木头的时候,卡车里的人已经与哑嗓子他们会合,这些穿军便服的人没有犹豫,没有发出一句话,就朝风雨打击中的楼房进发。碎木头、碎砖块等飞舞在空中,苍白无力。军便服们进入楼房分成若干小队,后来我才知道,他们的名字叫"工作组"。

工作组开展工作时,风雨突然停了,没有一丝风。楼房像个不透风的棺材,装着身份不明的僵尸。一阵哄闹过后,四周一点声音都没有,我几乎认定这房子已经沉入阴间,我们正在黑暗中变成鬼。

迎面我碰到好几批军便服,他们对我视而不见,与我擦肩而过,甚至有个胖子把我正在迅速拔高却仍显瘦弱的躯体拨到一边。我摸黑在各楼层晃荡,荣生、建国等都不见了。更离奇的是,那些行李,甚至日用品也没了踪影。我越来越觉得这真是一件无聊的事情。栀子花香味又飘进我鼻子,诡异的香味。只有花香提醒我,这可不是梦。

吴城往事

弄堂像迷宫,我没有主见的时候,就在当中穿行,斑驳的墙面,我再上前狠狠掰去一大块墙粉,留下我的印记。我不愿意见到大马路,就在脑子里设计着前进的步骤,跨拱桥、钻河滩,像瘟神般躲避大街。湿漉漉的街巷,空荡荡的回声,飞檐翘角上淋湿翅膀的鹩哥,还有,正在滴泪的烟灰色天空。雨水是弄堂的润滑剂,雨越多,我穿行得越远。最得意的是,明明眼前无路可走,我却能闪进一个石库门,在备弄彳亍,阴森气氛让我猛然间意识到,我是否做错了什么,黑暗中立刻有厉鬼跳出来要了我的命。我开始检讨自己,偷了老头的二两全国粮票,换了一大块麦芽糖;拿了荣生抽剩的半包烟,和几个弟兄躲在弄堂深处一边吸一边咳。弄堂最多的就是吊死鬼,他们说舌头出来有一尺长,有经验的入殓师,会把舌头卷起来再塞进去,再说声"安息吧",把眼皮一拉,恢复死人样。

有时候,觉得死亡也挺有意思的,一闭眼,什么事情都不用操心了,再大的打击也成为无用,再恐怖的事件也吓不住。但是,往往恐惧同时爬了上来,"不再醒来",意味着永远没有机会与这个世界并行。是否存在与这个世界不同的存在方式呢?我喜欢评弹的表述方式,凡事都好商量,即便两军对垒,赵子龙单骑闯入曹营,怀揣幼主,也能在曹操欣赏的目光下,大展魅力,戏剧般突出重围。因此,当我毫不费力地走出黑暗楼房,望见渐渐大而圆的月亮时,就觉得遭受戏弄。卡车引擎声消失在街角。

老头眼镜翻到额头,展开的报纸耷拉在胸口,响亮的鼾声震得报纸颤巍巍,每一个字都在向下滑。我绕过藤椅,穿过客堂,跫进"我"的房间。我和荣生都是这里的"寄居蟹",墙上陈冲的海报我还没来得及拿下,荣生喜欢,我却只认邓丽君,可惜她的画报还没搞到。厢房靠主墙搭出来,躺在床上仰视。以前,屋顶是向我脚跟倾泻下来的。现在，我占据了荣生原来的铺位，屋顶歪向了我的左肩。梅雨时节的望甄承受着少量从瓦片漏下的雨水，渐渐发霉。我喜欢看那些斑点。几乎每块望甄都有，并且形状各异。

老头止住了鼾声，拖鞋声由远入近，在我房门口停顿一会儿，又慢条斯理地离开，院门"哐啷"一声关闭，"咕噜咕噜"一条粗门栓顶入两侧围墙。一块望甄就是一个人，有污点却不可或缺。我在心里倒计时，预计着某一天与老头闹翻、开架，然后出走。等等，我没有荣生傻，"挥一挥衣袖，不带走一片云彩"。午夜，雨又大了，我的眼睛更亮了。

我用伞尖顶阁楼洞盖时，用力猛了点，一股灰尘洒向楼梯旁围坐在一起吃饭的那家人。男人连忙站起来，用身体护住饭菜。女人叫嚷起来，我狠狠瞪了她一眼，又觉得没有理由，就迅速用头继续顶开木盖，爬进荣生的小阁楼。到处都是纸。黄表纸、报纸、包装纸、练习册纸、稿纸、宣传画报等等，地上、墙上、桌椅上、床上、晾衣绳上，我不敢迈开步子，不敢触碰任何东西。那些纸上，楷书、行书、隶书、篆书都有，领袖诗词、革命口号、励志名言充斥其间。

"你看，那些人正在搬家。"荣生赤裸上身，停下手中毛笔，把老式木窗开到最大。

不远处的楼房，正在迎接它的第一批住户。二踢脚乒乓直响，穿军便服的人忙进忙出。该死的天，现在怎么不来场暴雨。

"这张怎么样？对，欧体。这张可以吧？不是颜体，是魏碑。"

我练书法不专心，柳公权《玄秘塔碑》就知道前面几个字："唐古左街僧禄内供奉三。"老头如果在那一页大楷纸上留下一两个红圈的话，那我会得意半天。荣生的本子全部被红圈覆盖，我看了觉得这样会滋长荣生自满情绪。太像帖子，变成"完美的缺憾"，我冒出这样的想法，其实还是受了老头影响。老头本身就喜欢走极端，他酷爱柳公权，就把柳体写得更瘦硬、刚直。看过他书法的人都觉得老头把一身的劲道、一生的脾性都倾注其中了。荣生却不一样，他临帖刻苦，要求也苛刻。连帖子上明显不成功的字，他也一点一划绝不走样。

果然，荣生转弯抹角向我提要求了。他先指着地板上还没来得及拆开的包裹：

"我又清理了一遍，把水果店里剩下的东西都搬过来了。"

"这里是店里给你安排的？"

"当然不是。单位只负责把我领回去。"

"你一去抢房，上面就给分房子。我以后也照样去闹。"

"你懂个屁。"荣生随后声音低了下来。"他们找到老亓了。"

"他怎么说？"

"他说儿子们就要回来了，需要那间厢房。"

我忽然想到了北方，遥远的大型农场，老头的两个儿子。他们在忙什么？努力干活挣工分？那是扯淡。阿四正在开后门办病退，阿二正在抓紧时间复习迎接恢复不久的高考。我清晰地看见了两支箭，正不舍昼夜地回射，箭头所指，正是我的心脏。荣生还在喋喋不休地说，我却已经听不清他的意思。

我走的时候，心不在焉地收了一大堆纸，胡乱地点了点头，算是答应了荣生的请求。

初中毕业志愿，我让老头签字。他自言自语地说：

"是哦，我是家长。签哪里？"

我闻到了雨雾里飘来的远处太湖的湖腥味道，漫长的梅雨季，冷暖空气反复在"第一富贵风流之地"拉锯、交锋。抓一把空气在手里，空气湿润手心，我的心也在长霉点。老头"亓"字的双脚并不放开，给人严谨、固执的感觉。

"我报了交通技校。"

"什么？"老头名字签到一半，我插了话。他看都没有看我的志愿。

"为什么要填这样的学校？你是要上大学的！"

我的呼吸急促起来，但是我压低声音，尽量减慢速度，一字一句地在他耳边说：

"技校提供住宿。"

嘴与耳朵之间没有阻碍，那些潮湿空气最多将声音打个十万分之一的折扣，我相信这六个字钻进他的脑子里、心里，一时出不来。

老头没有再说一句话，签完姓名，推开纸笔，走进前天井，拉开塑料布，盖在花架上。

我抬头，望见老头新写的一幅行楷：小小寰球，有几个苍蝇碰壁……

我突然想起荣生来，匆忙走进厢房，搬出那堆纸，放在客堂八仙桌上。老头回到客堂时，我正对着课本发呆，眼前浮现自己驾车的情形，越开越快，把一切都抛向脑后，自由自在地掌控方向，车是我，我就是车，谁都不能阻止我前进的步伐。

"是他给你的？"

老头站在那里好久，才蹦出这么一句话来，害得我不得不踩一下刹车，人不由自主往前冲了一下。有什么不好啊？志愿书递给老头之前的一切来自内心柔软的多重设想，现在既然已经全部粉碎，那么就直面我即将迎来的新生活吧。也许还能做个公交车司机，"哧噗"叹一口气停下，"嘀嘀"高唱一声开拔，挺神气。就是老在固定路线上跑没劲。那就去粮油合作社送货吧，或许还能给荣生的水果店配货。

"给他分配房子了吧？"

我回过神来，不知道从那句回答，索性说：

"他的小阁楼，地下、桌上、床上，全铺满各式各样的练字的纸头。"

"哦？阁楼啊。多大？"

"估计……"我没有面积概念，就指了指厢房："比这里稍微大一点吧。"

接着我又想起什么，"但是，屋顶又低又斜，所以靠窗那里人直不起来的，他就躬身赤膊在那里的小台子上练字。"

我说着说着，不知不觉眼睛就酸胀起来。外面天井里雨雾似乎更加浓密，我连高大的枇杷树叶都看不清了。那棵枇杷树是荣生随意吐出的一粒枇杷核长成，树婆婆娑娑，人却不见踪影。

老头一边铺纸、研墨，一边叹气：

"老实人总是吃亏，抢房干不成，分到的房又这么小。"

半个小时的磨蹭后，一张行草"红军不怕远征难"，写好了。

快要出梅了，但是雨还没有停止的迹象。我从厢房走出来的时候，头顶上被滴到一滴水。凉飕飕的。阿四的床搭在客堂西墙，八仙桌往东挪了位，让出这一条狭窄空间。老头一家正在吃饭。阿二还在农场复习，静静地迎考。老头见我出来：

"一起吃饭吧。"

我想都没想："不了不了。"

撑伞走进天井，才记起那句话荣生曾经一模一样回答了无数次，而我当时还同老头一起围坐在八仙桌边。我走出大门，告诫自己，今后不再回答任何虚伪客套话。

荣生早就潜伏在弄堂口，手里捧着一件新雨披，却任凭风雨把全身打湿。我走向他，不知道手上的"红军不怕远征难"是馅饼还是陷阱。

荣生把雨披展开时，我闻到一股塑料味，那是一种我向往的味道，唤醒我温暖记忆。长江上游的那个麻辣城市，那个一百多名工人一起干活的大车间，我被她抱起，又传到他手上。大家身上都有一股塑料味，连食堂冬瓜汤都带塑料的煳味。他和她老是争吵不休，我坐在他们中间，左望望、右望望，一口又一口地喝汤。闹到最终，我被送到老头这里。一见冬瓜汤就要呕吐。

荣生把字包裹在新雨披里，一层又一层。脸上像涂了油，红红的、亮亮的。

"等等，有句话带给你。"我对着躬身的后背说："他说让你常回来看看，再带点作品来。"

后背一怔。我没有听到熟悉的"不了不了"，只有一声低沉的"哦。"

升学考试就这样过去了，我更加无所事事。内心总有一块铅压着。阿四快乐地躺在客堂里看《水浒传》，双脚搁到八仙桌台面上，老头呵斥几下，根本无用。阿四看得兴起，抓住料酒瓶往嘴里倒。他因为病退返乡，就被安排在街道的刀片加工厂，和一帮半残疾人在一起，敲铆钉、装刀片。单调又快活。高考马上开始，阿二就要回来。那个阴沉的瘦高个，从进这个门到现在，我没有跟他搭上几句话。

老宅从清朝末年老头的祖父买地、建房到现在，被抢占、被侵吞、被变卖、被分割，已经畸形。每扇门背后都是拉拉杂杂一帮人。谁是主，谁是客，我始终搞不清。有时我也怀疑老头也弄不清。或许是他不想搞清或者不敢搞清。

我在走向小阁楼的路上，想通了一个问题。老头的那幅字不是写给荣生的，而是写给我的。路还是坑坑洼洼、潮湿泥泞。我背后被一双有力的手推着，既有方向感，又有稳定的动力，我简直觉得已经会开汽车了。

尽管天气比上次还要闷热，但是荣生却没有赤膊，开窗也没用，汗渍从海魂衫的线条里印了出来。屋子收拾得干干净净，臭袜子、回力鞋不知被他藏到哪里去了。我撩起床单、钻到桌子底下，夸张地找那些我们熟悉的"丑事"。但是，一件都没有。

我这才回过神来，除了墙上已经挂上装裱好的老头的"红军不怕远征难"，房间里没有了铺天盖地的纸，更没有毛笔字。我开始试探性地戏谑：

"是不是知道我要搬过来住，就赶紧把房间打扫干净啦？"

荣生反复拉起、放下海魂衫，他在认真降温。

"你还练不练字呢？"

荣生突然间认真地看着我，一字一句地说：

"她不让我练字。"

"他（她）是谁？"

"我女朋友。店主任的外甥女，才从农场回来。"

"那她让你干什么呢？"

"整修房子，结婚。"

很久以后，我才知道"虚拟"这个词，如果没有信息技术的发展，这个词用途并不会宽广。我把它嵌入当时的场景，严丝合缝。

闷热无雨的傍晚，我仿佛从荣生阁楼小窗里飘了出去。我突然变身小鸟，一下子腾在空中。天渐渐暗下来，路灯还没有亮起，昏暗朦胧的一切，我迫切要回到自己窠臼。然而，远处天边出现一大片回归的候鸟，接二连三地扎向熟悉的地方。一扇又一扇大门关闭，很多被关在外面的鸟急得在门前徘徊。我真心为他们伤心，直到所有的门都紧闭，才知道自己已经成为他们中的一员。

以当前为界限，以前发生的一切都是虚拟模式，虽然我曾经摸得到、看得见、听得见，但现在已经全然失去。似乎老头、荣生等等都是某个组织请来的演员，为我这个主角演了一场戏。现在，戏落幕了，他们卸了妆，互不相干、各走各路。我也回归真实状态，那就是：一无所有。

我一直这样悲观，把任何事情都想到最坏，这样去做事，才会觉得希望原来还是很多的。我不会去走极端的路，一招接一招想得明白、仔细，再难的事情，也有破解的方法。但是，当被普通高中录取的消息传来，我还是止不住内心的恐惧和绝望。

老头不尴不尬地说：

"成绩好，当然要录取高中，读技校太浪费了。"

那时，阿二已经在我以前的铺位上睡了几天，虽然他并没有说任何话，但是他看我的眼光一直带有疑问，归结起来只有一句话："怎么有这么不识相的家伙？"

好在阿四仍然沉浸在《水浒》氛围里，对阿二的暗示并没有在意，他要学英雄好汉，扶贫济困是首要条件。湿漉的雨巷里，两个身影缩在墙角，烟头一闪一闪，许多话藏在烟雾里。隔一段时间，两人爆发出怪异的笑，在弄堂里弹来弹去。有时门也被震开了，飘出一两句骂声。阿二和荣生总是有说不完的话，只有水果店主任或者刀片厂长大叫一声，他们才各自回到无聊的岗位。嫡亲不如远亲，亲戚不如朋友。我似乎对这句俗语有了新认识。

荣生婚礼上，我喝多了。老宅里除了老头，大家都去了。那些人足足坐满了两大桌。新娘新郎来敬酒，阿四第一个跳出来：

"人家都是国庆，或者中秋结婚，你为啥在大热天结婚，这个事情要交代清楚。"

一片哄闹声。

"正好我分到房子，见见新就结婚了。没有其他意思啊，真的没有。"

"老实交代真实情况！"阿四一脚迈上凳子，跟着荣生去抢房的弟兄们也哄闹起来：

"房子是我们抢来的，我们都有份！我们都要结婚，哦！"

据说后来店主任出来打了圆场，大家才把浑身是汗的荣生放走。这些情节，我都自动放弃了观看。哄闹中，我一杯又一杯地喝带有浓烈甜味的"醇香酒"，我简直把这当作了蜂蜜。

蜂蜜，只能老头一个享用。放在搪瓷缸里，倒上一半水，蚂蚁不会爬到蜂蜜瓶上，却也看不清那几个叫"紫云英"的字了。我路过八仙桌，顺手捞一捞盖子下一滴琥珀色浓稠液体。装着思考东西，把手指伸进嘴里。一瞬间的刺激，让我几乎眼泪落下，那就是幸福的味道啊，还有比这个味道还幸福的吗？绝对没有。

醇香酒让我想起幸福，我喝得笑了哭，哭了笑；说话，沉默，叫嚷。却一直没有睡去。我要去闹新房。

梅雨刚刚结束，伏天高温要把雨季洒给土地的水分逼回来。我沿着河岸走，一会儿身体里的水分就蒸发出来，酒的后劲把我打得歪七歪八。嘴里分裂出两个声音：

"算了吧，回去吧？"

"回到哪里？"

"去新房不好。"

"没有地方好。"

"总有办法的。"

"你能去哪里啊？"

我的声音越来越响，几乎到了叫喊的程度。不少路人对我斜过头。我对他们猛地挥手，脚下一软，滑向河滩。

一只手牢牢把我拽住，那是阿二。他一直在我身后跟着。

我和他坐在石驳岸上，他对我说了迄今为止最多的话，我神志时而清醒、时而模糊，对阿二时而提防、时而信赖。

"这个社会看上去人很多，不管你生活得好或者不好，围绕在你身边的人，经常出现的人也就这么几个。只有极少数几个人会进入你的核心圈，那就是你真正要依靠的，也是要全身心为他们付出的。"阿二那一堆话，隔天清早起来，我对着望甄整理出几句中心思想。

我走过阿二身边，他神情严肃，送录取通知书的邮递员早就骑车路过了。阿四换了本《七侠五义》，我记得荣生经常放在床头。老头在八仙桌上研墨，已经半个小时了。

晌午，空中响起了闷雷。接着，暴雨就下了。一条身影冲进老宅，浑身湿透。

还是那条雨披，摊上桌面，水顺着桌脚往下滴。

这是荣生时隔几个月，第一次直面老头。他还是有点羞涩，只盯了一会儿，就把头转向阿四：

"我的情报完全准确,你们放心吧。"

阿四盯着被雨披保护好好的一叠纸:

"画成功了?"

荣生这才把最上面一张大纸展开,纸隔在他和老头的脸当中。他们只是隐约可见,荣生沉重的呼吸一次次将纸托向老头跟前。

老头迟疑地将纸取下,一边看,一边踱向后天井。那是一个长方形天井,东厢房顶到围墙,西侧厢房年久坍塌。纸上是复原图,不仅是复原,还往东延伸两米,好一个宽大的西厢房模型。

两条身影并排站在一起,对着天井指指点点的时候,我远远地看着。什么才是平起平坐,这就是。几个月前,不平衡的,现在平衡了。那基础,仅仅是一间小得屁股大的阁楼。阿二、阿四根本插不上话,他们和我站在一起,不时翻看另外一些纸片。那边传来每一句话,他们都听得很用心。甚至,他们已经在盘算今后怎样布置这违章建筑了。

老头的一个又一个疑问,似乎都被荣生轻易化解:邻居、房管局、原材料、干私活的泥瓦匠和木匠等等。转过身的时候,老头左手不自觉地伸手"请"了一下,动作没完成,手僵在那里,头也低下了些。荣生挺胸走过来,阿四兴奋地对他连声说好。阿二的目光直勾勾地盯着他。

一个人,一点安稳,哪怕刚得到的暂时的稳定,就把老伤忘记。我把拳头握得毛栗子般坚硬。老头,把后天井,我唯一的乐土搞得体无完肤。我要把他老亓的两条腿掰开试试。至于荣生这个软蛋,朴实外表下是一颗见风使舵、好了伤疤忘了痛的心,一幅"红军不怕远征难"就把他打倒在地,一句"常回家看看"就把他的心收拢。阿四这个大炮,忽略不计。阿二阴沉着脸继续思考,他用手指在图纸上划来划去，分明是要把东西厢房接通，吞没整个后天井。他的想法比阿四阴险，但是更能让老头接受。客堂的北门一打开，就进入一条小备弄，左开门是东厢房，右开门是西厢房。兄弟俩结婚、生子、传宗接代，除了光照差点，其他马马虎虎都齐全了。

雨后的热力强大而又温柔，我们像站在老虎灶前，被温度和咒骂声淹没。老宅内部一场暴动开始了，每一扇房门、边门、侧门都打开了，里面冲出来了人比我经常碰到的多了至少两倍。红口白牙地围攻我们，跳的最凶的，我似乎从未见过。我居然也成了围攻对象。

老头的严肃一点不起作用，荣生被他们逼到墙角。公用部位的争夺战立刻开始。以往的决定权在老头，现在老头退缩一边，锅碗瓢盆、桌椅板凳，一会儿就把偌大的客堂瓜分结束。迟到的，就在前天井割据势力。阿四的床铺被扔出客堂，他要动手，被众人呛住：

"别急别急，马上住西厢房了，你们一个东、一个西，筑巢引凤马上成功。还要这破玩意干吗？"

这是一场蓄谋已久的暴动，长期被老头压制的穷苦百姓、劳苦大众、地痞流氓，现在亮出十八般武艺。客堂成了一条窄窄的过道，西厢房八字没有一撇，那些来路不明的房客、亲戚已经开始绘制自己的蓝图。

"早就该自己开火，搭在老头那里，被他剥削得一塌糊涂。"

"明天我喊木匠来，把大家的厨房都搭好。"

"千万不要忘记通水电啊！"

"还有，顶不能封，一封油烟出不去。"

"怕什么，照着老亓干，他是我们的老师呐。"

我在三伏天的大太阳下背着书包，默默地朝水果店走去。荣生在我前面，赤膊蹬着黄鱼车，车上一个大大的樟木箱，漆成亮黄色，像在显示皇族血统。铺盖卷、席子等胡乱地堆放在箱子上，随着路的不平，起起伏伏。我想起岳飞，那个救命的木桶，"精忠报国"四个字。樟木箱是他们把我扔过来时的唯一物件。现在，里面几乎是空的，至于当时是否满满当当，老头从未告诉过我。他现在更加沉默，即便发出愤怒的声音，也被各户繁忙作业声盖住。

整条街都在扩张。每一个角落都在被改造。黄鱼车经过古城墙，木架子正在往上靠，现成的一面墙。黄鱼车经过双井，夹角搭上披，饱满起来。水果店边上的弄堂被堵死，装上一扇小门，不明身份的人进进出出。我躺在荣生以前铺上，店主任扔给我一个加长手电筒，关照我夜里不要睡得太死，夏天偷水果贼特别多。

半夜时候，下起暴雨，我突然恐惧起来。脸、胳膊和腿上，全湿漉漉的。在这个城市，我没有户口，我被寄存在这里，总有一天要回归，至于日期和归宿，都是未知。现在，我连寄居所都失去，没有当地户籍，上不了技校。高中读了有能怎样？高考还要回原籍考试。不远处的阁楼上，荣生已经美滋滋地抱着新娘酣睡了。他虽然失去双亲，但这里是故乡，老头再逼他，他也能像蚂蚁一样生存。我从未与阿二、阿四等比，我曾日夜跟随荣生，自以为他就是我，我就是他。老头腾笼换鸟，在脑子里设计了若干个场景与对白、冲突与结局，搬走了荣生这块硬石头。我在他眼里，连小石子都不算。他不必算计，我必将离开。

我主动离开，把老宅里最后一张铺还给阿四。老头帮我把樟木箱扛上黄鱼车，灰头土脸地说：

"后天井一改造好，我就来水果店接你。"

我刹那间就有了主意。但是说出来的是意气用事的话还是胸有成竹的话，我已经搞不清：

"房子好了,给他们弟兄俩吧。我不回来了。"

现在这个不算故乡的故乡,一个人躺在暴风骤雨中,无人关注。旁边弄堂里开始积水,暂时找到庇护所的人们又开始迁移。他们窸窸窣窣躲在店门口遮阳下,诅咒房子、诅咒有房子的人、诅咒让他们失去房子的人。

突然,一个尖厉的声音压住嘈杂:

"南门,是的,在南门。我今天看到那里有两幢新公房正在拆脚手架。"

"公房,就是我们公用的房子。天亮我们就去抢!"

我脚下一滑,扑倒在门板上,"嘭"的一声,门外的人吓住了。

我用力拔掉门闩,拉直大门,对他们叫喊,声音把雷声都盖住了:

"还要等到天亮吗?"